음악의 신

이창연 장편소설

초판 1쇄 찍은 날 | 2017년 8월 28일
초판 1쇄 펴낸 날 | 2017년 9월 4일

지은이 | 이창연
펴낸이 | 예경원

기획 | 위시북스
편집책임 | 이규재
편집 | 이즈플러스

펴낸곳 | 예원북스
등록번호 | 제396-2012-000132호
등록일자 | 2012. 7. 25
KFN | 제1-145호

주소 | 경기도 고양시 일산동구 호수로 646-24 위너스21 II 빌딩 206A호 (우)10401
전화 | 031-819-9431 팩스 | 031-817-9432
E-mail | yewonbooks@naver.com

ISBN 979-11-6098-437-8 04810
979-11-5845-408-1 (set)

※ 이 도서의 국립중앙도서관 출판시도서목록(CIP)은 서지정보유통지원시스템 홈페이지(http://seoji.nl.go.kr)와 국가자료공동목록시스템(http://www.nl.go.kr/kolisnet)에서 이용하실 수 있습니다.

음악의 신

WISHBOOKS MODERN FANTASY STORY

이창연 장편소설

CONTENTS

음악의 신

1화

소년

집에서 작사하는 게 좋다며 김재훈은 먼저 집으로 돌아갔다.

홀로 남은 강윤은 곧 작업을 시작하기 위해 의자를 끌어당겨 앉았다.

그때, 전화가 울렸다

–선생님, 잘 들어가셨어요?

전화기에서는 민진서의 고운 목소리가 들려왔다.

한국에 잘 돌아갔는지, 걱정하는 마음에 걸어온 확인전화였다.

'이것도 참…….'

희윤 외의 사람에게 이런 걱정 어린 전화를 처음 받아보는 강윤은 이런 전화가 조금은 어색했다. 하지만 기분은 매우 좋았다.

"아아, 지금 스튜디오야. 먼저 전화를 했어야 하는데. 우리…… 아우, 진서도 잘…… 들어갔니?"

—저도 이제 공항이에요.

"이런. 괜히 나 때문에 늦게 돌아가는 거 아냐?"

—후후. 아니에요. 덕분에…….

잠시 뜸을 들이던 민진서는 조금은 부끄러운 듯, 가는 목소리로 말했다.

—원하는 걸 얻었으니까요.

"……그 원하는 게 혹시…… 나?"

—뭐, 글쎄요? 그건 잘 모르겠는데요?

장난기어린 말에 강윤은 피식 웃었다.

"뭐야, 잡은 물고기에 먹이 안 주는 거야? 어장관리 하는 거야? 파닥파닥?"

—하하하. 관리하면 잡혀주실 건가요?

두 사람의 통화는 화기애애했다.

진전이라는 말이 무색하게 주욱 질주해 버린 두 사람의 관계는 알콩달콩한 목소리에서 조금씩 묻어나오고 있었다.

—이제 비행기 시간 다 됐어요. 선생님. 나중에 통화해요.

"그래, 조심해서 들어가. 도착하면 꼭 전화하고."

—……선생님은 전화 안 했으면서.

"하하, 미안. 정신이 없어서……."

강윤은 멋쩍은 목소리로 사과했다.

그러자 민진서도 크게 뭐라 타박하지는 않았다.

—이번엔 봐드릴게요. 그런데 뭐 잊으신 거 없나요?

“잊은 거?”

강윤이 의아해하자 전화기에서 조금은 불퉁한 목소리가 들려왔다.

—그래요, 처음부터 다 하면 재미없으니까, 여기까지 할게요. 첫술에 배부를 수 있나요. 차근차근 해나가면 되지요. 그럼 한국에서 봬요.

통화가 끝나고 강윤은 고개를 갸웃했다.

‘뭘 하자는 거지?’

그녀의 말을 한참을 생각하던 강윤은 결국 어깨를 으쓱이고는 편곡 프로그램을 켰다.

‘시간이 부족하긴 하지만 서둘러서 완성도 떨어뜨리면 말짱 도루묵이야.’

그는 희윤이 보내준 음을 프로그램에 입력하며, 어떤 느낌으로 편곡을 할지 고민에 빠졌다. 이미 두 대의 모니터에는 복잡한 이펙터를 비롯해, 소리의 파동을 나타내는 선들이 떠오르기 시작했다.

♩♬♬-♩♩-♬-

강윤이 재생버튼을 누르자 음악이 흐르며 음표들이 하얀 빛을 만들어내기 시작했다.

‘처음은 풍성하게 가면 좋겠어. 그런데 녀석들이 저음을 무척 신경 썼구나. 이건 희윤이보다 소영이 스타일 같은데? 눈에 확연히 들어오진 않아도 듣기 편안한 느낌이 좋은데?’

초반부의 가슴을 울리는 듯한 저음에 강윤은 놀랐다. 희윤이 중음과 고음을 주로 활용하는 것과는 대비되는 모습이었다.

'이 곡을 살리려면 저음을 조금 더 풍성하게 바꾸고 피아노를 다른 기종으로 바꾸는 게 좋겠어. 좀 더 클래식한 느낌으로…….'

강윤은 머릿속에 떠오른 느낌대로 피아노 소리를 찾았고, 이펙터를 조절해 갔다.

그는 한참 시간을 들여 피아노 소리가 만족스러운 궤도에 올렸고 곧 다음순서로 넘어갔다.

'드럼 대신 다른 리듬악기를 넣어보자. 아예 클래식한 느낌으로 가는 게 좋겠어. 솔로도 만들어볼까? 소리는 오보에가 좋을까? 아니면 클라리넷?'

곡이 진행될수록 강윤은 소리들을 하나하나 더해 갔다.

30초에 이르는 초반부는 그렇게 만들어져 갔다.

진도를 더 나가고 싶었지만 문제가 있었다.

'가사가 나왔으면 하는데…… 어떤 메시지가 있는지, 조금이라도 실마리가 있으면 좋겠어.'

한참 동안 곡을 만지던 강윤은 결국 초반부만 완성하고 파일을 USB에 담았다. 나머지는 가사를 보고 작업을 이어가기로 마음먹었다.

이후, 스튜디오를 정리하니 어느덧 저녁 시간이 되었다.

"사장님. 안녕하세요."

“어서 와.”

“중국은 잘 다녀오셨어요?”

학교를 마치고 달려온 인문희가 하이힐을 또각거리며 스튜디오에 들어섰다. 하이힐에 맞게 그녀의 옷도 정장 차림이었다.

“옷이 멋진데?”

“오늘 공개수업 날이었거든요. 원래 힐 잘 안 신는데……으, 발 아파…….”

인문희는 힐을 벗더니 발뒤꿈치를 주물렀다.

그 모습을 보며 강윤이 장난스럽게 말했다.

“가수 되면 힐을 매일 신어야 할 텐데.”

“네에?! 아, 맞다…….”

“운동화 신고 무대에 설 수는 없잖아.”

“으으…… 힐 너무 아픈데…….”

인문희가 풀이 죽었는지 고개를 떨어뜨리자 강윤은 껄껄대며 웃었다.

곧 준비를 끝낸 그녀가 부스 안으로 들어서자 강윤은 마이크에 입을 가져 갔다.

“연습은 많이 했지?”

–약간?

인문희가 손가락을 들어 제스처를 취하자 강윤은 신호를 보내곤 MR을 재생했다.

곧 인문희의 구성진 목소리가 스튜디오를 메워가기 시작

했다.

—이 한 몸 서러워서 이 얼마나 울었나요 —우리 함께 언제 만나 정을 나눌~

강윤은 팔짱을 끼고 그녀의 목소리가 만들어가는 빛을 유심히 관찰했다.

'확실히 잘해.'

그녀가 만들어내는 강렬한 하얀 빛은 강윤을 놀라게 했다.

김지민이 연습을 할 때 회색, 하얀색, 검은색 등 여러 가지 빛을 만들어내던 것과는 완전히 다른 모습이었다.

다만, 문제가 있다면 MR이었다.

마구 구겨진 운동화가 최고의 운동선수의 발목을 잡듯, 그녀의 발목을 MR이 붙잡고 있었다.

'문희 노래 만들 때 신경 많이 써야겠어. 저 목소리에 맞는 노래 만들기는 정말 쉽지 않을 거야.'

대충 만든 노래로 그녀의 목소리를 잡는 사태를 만들 수는 없었다.

그렇게 밤 11시가 넘어서야 연습은 끝이 났다.

"수고하셨습니다."

"수고했어."

강윤이 준비한 수건을 건네자, 인문희는 땀을 닦으며 강윤에게 꾸벅 고개를 숙였다.

그녀의 표정에는 지친 기색이 역력했다.

"교사와 연습생, 두 가지 일을 같이 하려니 많이 힘들지?"

"아, 아뇨. 괜찮아요."

인문희는 강윤의 의도를 몰라 급히 손을 내저었다.

그러나 강윤은 안심하라는 듯 부드러운 어조로 말했다.

"지금까지 휴일도 없이 연습에 매진하고 있잖아. 체력이 많이 부족할 거야. 10대도 아니고."

"……."

인문희는 부정하지 못했다.

사실, 아침에 눈뜨기도 힘들어 맞춰놓는 알람이 5개나 될 정도였으니…….

"이번 주 토요일은 집에서 쉬는 걸로 하자. 초반부터 달려봐야 지치기만 할 거야."

"정말…… 그래도 되나요?"

"물론."

강윤이 쿨하게 휴일을 선언하자 인문희의 얼굴이 눈에 띄게 밝아졌다.

"감사합니다!"

"지금은 무리하게 달리는 것보다 익숙해지는 게 우선인 것 같아. 감을 찾는 게 우선일 거라 판단했는데, 생각보다 잘해줘서 좀 더 여유 있게 해도 될 것 같네. 금요일 퇴근 후에는 친구들도 만나고 토요일은 푹 쉬다 와."

"네!"

인문희는 언제 지쳤냐는 듯, 가벼운 발걸음으로 퇴근을 준비했다.

강윤은 그녀와 함께 회사를 나섰다.

별빛이 밤하늘을 아름답게 수놓는 밤, 두 사람은 천천히 걸으며 담소를 나누었다.

"사장님, 제가 두 번째 연습…… 생인 거죠?"

"응. 맞아."

밤하늘을 잠시 올려다보며, 인문희는 눈을 빛냈다.

"우와…… 전 아직도 얼떨떨해요. 나이도 많고 직장도 있는데 연습생이라니. 누구도 상상 못 할 일이네요."

강윤은 그저 웃을 따름이었다.

집중하면서 말이 없어지던 연습 때와 다르게, 귀갓길의 인문희는 활발했다. 휴일을 받았다는 기쁨이 겹쳐서 그런지, 강윤의 옆에서 그녀의 입은 쉬지 않았다.

버스를 기다리며 강윤이 말했다.

"문희야. 나이가 많이 걸리지?"

"……사실 그래요."

인문희는 작게 고개를 끄덕였다.

연습생이라 하기엔 너무도 많은 나이. 중고 신인이라고 하기에도 애매한 커리어.

솔직히 그녀는 가수가 될 수 있을 거란 확신이 들지 않았다.

"트로트 연습을 하는 상황도 납득이 가지 않을 테고."

"……."

계속 정곡을 찔린 인문희는 침묵했다.

오디션을 볼 때나, 회사에 나올 때마다 에디오스를 비롯한 스타들을 마주하지 못했다면 강윤을 사기꾼이라 생각했을지도 몰랐다.

강윤은 턱에 손을 올리며 말했다.

"지민이 이후로 두 번째 연습생이니까 역사는 짧지만 말이야. 나는 철칙이 있어."

"철칙이요?"

"쉽게 연습생을 뽑지 않겠다. 만약 연습생을 뽑는다면 그 연습생은 반드시……."

강윤은 목소리에 힘을 주었다.

"가수로 만들겠다는 것. 그러니까 너를 믿고, 나를 믿어줘. 반드시 무대에서 노래하게 해줄 테니까."

"……."

이후 버스에 오르고, 집에 가는 시간 내내 인문희는 강윤의 말을 되새기고 또 곱씹었다.

회사에서 일찍 나와 집에 도착한 김재훈은 방문도 걸어 잠그고 바로 작사 작업에 빠져들었다.

'하아…….'

차분하게 울리는 피아노의 선율을 듣고, 또 들으며 마음을 차분하게 가라앉혔다.

희윤이 보낸 음악은 그의 머리에 한 가지 이미지를 떠오르게 했다.

'……겨울, 겨울의 벌판.'

흰 눈이 휘날리는 고원 위에 홀로 남겨진 한쪽 다리를 잃은 소년이 있었다.

그에게 펼쳐진 건 드넓은 광야와 바람뿐이었다.

찾아오는 이, 바라보는 이 아무도 없었다.

그렇게 홀로 앙상해져 가던 소년의 손을 잡아준 이가 있었다. 지나가던 한 따뜻한 인상의 할아버지였다.

'내 인생에서 가장 바람이 심하게 불던 날이었지. 그럴 때, 그가 찾아왔어. 갑자기.'

선율을 흘려보내니 머릿속에 뭔가가 계속 떠올랐다.

소년은 할아버지의 뒤를 따라 거친 광야를 벗어나 여행을 하며 한 사람의 성인으로 성장해 간다.

'……내 이야기.'

노래를 할 수 없게 된 가장 힘들었던 시기.

멜로디를 듣다보니 그때의 상황이 자연스럽게 그려졌다.

'이거다.'

김재훈은 스탠드 불을 키고 펜을 들었다. 그의 연습장이 순식간에 각종 가사들로 빼곡하게 들어차기 시작했다.

강윤이 중국에서 돌아온 다음 날 아침.

그가 거실에서 빵을 우물거리는데 퀭한 눈으로 방에서 나오는 김재훈과 마주쳤다.

“형, 잠깐만요.”

“재훈아, 밤샜어?”

다크서클이 눈 밑으로 내려온 폼이 딱 밤샌 올빼미 꼴이었다. 강윤이 혀를 차자 김재훈은 엷게 웃어보였다.

“……벌써 아침이네요. 집중하다 보니 밤이 금방 가네요.”

김재훈은 강윤에게 A4용지 한 장을 건넸다. 강윤이 보니 가사였다.

“작사 끝난 거니?”

“네. 보시고 나중에 수정할 부분 있으면 말해 주세요.”

강윤은 고개를 끄덕이며 가사로 눈을 돌렸다.

‘드넓은 광야에 외발로 선 소년 차가운 바람에 발개진 얼굴-지난날을 그리며 눈물을 흘려.’

가사를 음미하다 보니 강윤의 머리에 바로 스치는 것이 있었다.

“이거, 네 과거 이야기 아냐?”

“바로 아시네요?”

김재훈은 멋쩍은 미소를 지으며 머리를 긁적였다. 그는 강윤 앞에 보이기에 부끄러웠는지 시선을 다른 곳으로 돌렸다.

‘차가운 바람 불지만 몸 녹일 햇살 한 줄기 없는 그때 그 빛이 내게로 온다.’

강윤이 보니 다듬으면 좋은 가사가 나올 것 같았다.

그는 A4용지를 접어 주머니에 넣었다.

"가사 괜찮네. 어떻게 편곡해야 할지 알 것 같네."

"어떤 느낌인가요?"

"겨울? 다른 건 몰라도, 네 보컬을 최대한 뽑아낼 수 있는 노래가 나올 것 같네. 기대해."

강윤은 손을 흔들고는 바로 회사로 출근했다.

밀려 있던 일들이 많아 강윤의 하루는 무척 바빴다.

매니저 팀장 김대현과 연예인들의 스케줄에 대해 이야기하고, 이현지와는 김재훈의 앨범 출시 마케팅에 대해 논의했다. 거기에 에디오스의 활동 마무리 일정과 이후에 있을 계획들을 논하느라 하루가 쏜살같이 흘러갔다.

이현지와 커피를 마시며 이야기를 나누는데, 그녀가 흥미로운 이야기를 꺼냈다.

"홍보용 UCC를 제작했으면 해요."

"광고 같은 건가요?"

강윤의 물음에 이현지는 커피 향을 음미하며 고개를 저었다.

"요새 연습 영상을 찍어 튠에 올리는 그룹들이 조금씩 늘고 있어요. 우리도 연습하는 모습을 찍거나 다른 재미있는 영상을 찍어 올렸으면 어떨까 해서요."

"좋은 생각입니다. 하얀달빛 잼 영상이나 지민이 노래 연습 영상을 올리면 도움이 될 것 같네요."

강윤은 괜찮다며 손뼉을 쳤다.

그런데 이현지는 거기서 한발 더 나아갔다.

"단순하게 에디오스, 은하 이렇게 나눠서 영상을 찍으면 재미없지 않을까요? 에디오스의 주연, 은하나 하얀달빛의 현아, 크리스티 안의 조합 등 여러 가지로 조합을 해보는 게 어떨까 해요."

"괜찮네요. 저희 모토가 월드 패밀리니까, 거기에 맞는 영상을 제작해 올리면 재미있을 것 같습니다. 지난번에 계약했던 영상회사 있었죠? 거기에 의뢰해 제대로 진행하면 좋을 것 같습니다."

강윤의 동의가 떨어지자 일은 일사천리로 진행되었다.

정혜진과 유정민은 지시를 받아 전화를 돌리며 업무 준비를 시작했고, 김대현 매니저도 모두의 스케줄을 점검하며 빈 시간을 찾았다.

그렇게 회사 일을 진행하다 보니 어느새 밤이 되었다.

강윤은 인문희의 연습을 위해 스튜디오로 향했다.

"안녕하세요?"

스튜디오에는 이미 인문희가 도착해 목을 풀고 있었다.

평소라면 오늘 할 과제를 이야기했어야 할 강윤이었지만, 오늘은 아무런 지시도 없었다.

인문희가 궁금했는지 물었다.

"오늘은 어떤 연습을 하나요?"

"아, 오늘은 선생님이 따로 오실 거야."

"선생님이요?"

전혀 들은 바가 없었기에 인문희는 의아해했다.

하지만 강윤은 손님에 대해 이야기해 주지 않았다.

얼마 지나지 않아 스튜디오의 문이 열리며 이현지와 함께 말끔한 옷을 입은 중년인이 모습을 드러냈다.

"여기군요. 안내해 줘서 고마워요."

그는 이현지에게 예의바르게 인사한 후, 강윤에게 손을 흔들었다.

"오, 이 사장."

"안녕하십니까. 문희야. 인사해. 그런데 소개할 필요가 있을라나?"

강윤의 말에 무심코 인문희는 중년인에게로 시선을 돌렸다.

그런데 어디선가 많이 본 사람, 아니.

익숙하도록 많이 본 사람이었다. 그녀의 눈이 놀라움으로 휘둥그레졌다.

"이 사람이. 그래도 소개는 해야지요, 이 아가씨로군. 반가워요. 가수 남훈입니다."

중년인이 장난스럽게 강윤을 타박하며 인문희에게 인사를 건넸다.

그는 60이라는 나이에도 2030 세대를 두루 포용하는 트로트를 부르는 국내 정상의 트로트 가수, 남훈이었다.

'하, 하하…… 하하하하…….'

엄청난 거물의 등장에 인문희의 손이 바들바들 떨려왔다.

"아, 안녕하십니까. 이, 인문희라 합니다. 자, 잘 부탁드립니다."

90도로 고개를 꾸벅 숙여 인사하는 인문희의 목소리는 가늘게 떨려왔다.

그녀의 반응에 중년인, 남훈은 사람 좋은 미소를 지으며 말했다.

"괜찮아요, 괜찮아. 그렇게 긴장하지 않아도 돼요."

"……."

말은 그렇게 했지만, 부드러움 속에서 나오는 중견 가수의 카리스마는 인문희를 잔뜩 움츠러들게 했다.

간단한 소개 이후, 인문희는 잔뜩 긴장하며 부스 안으로 들어갔다.

강윤과 남훈은 부스 앞 믹서에서 곡을 고르며 대화를 이어갔다.

"선생님, 기분이 좋으신 것 같습니다."

"암, 좋지요. 느낌이 아주 좋습니다. 아들이 있다면 맏며느리 삼고 싶네요."

"하하하."

아쉽게도 남훈은 아들은 없었고 딸만 셋이었다. 참한 이미지의 그녀가 마음에 드는지, 그는 부스 안을 아버지의 눈빛으로 바라보았다.

곧 남훈은 강윤이 뽑아든 리스트 중 하나를 선택했다.

80년대 유행했던 곡 '그리운 그 거리'라는 트로트 곡이었다.

강윤은 부스 안으로 신호를 보냈다.

"시작할게."

음악이 흐르자, 인자한 미소를 짓던 남훈은 온데 간데 사라졌다.

-비 오는 종로의 거리 -그날의 그대는~

그녀의 목소리와 MR이 만들어지며 눈부신 하얀빛이 만들어졌다.

처음에는 가사가 조금 헷갈린 듯 해매는 모습을 보였지만, 이내 감을 잡더니 노래를 주욱 진행해 나갔다.

'긴장했네. 그래도 나쁘진 않아.'

무난했다.

루즈한 느낌이 드는 게 역시나 반주가 발목을 잡는 듯했지만…….

"좋은 목소리입니다. 하지만 조금…… 아쉽네요."

남훈이 고개를 갸웃하니 강윤은 조심스럽게 물었다.

남훈은 팔짱을 끼며 부스 안으로 시선을 돌렸다.

"트로트를 부르기에 최고의 목소리인 것 같습니다. 하지만 보컬 스타일, 반주 등이 따라주질 못하는 듯하네요. 꺾기는 수준급인데…… 아직 뭔가 아쉬워요. 더 잘할 수 있을 것 같은데……."

"앞으로 어떻게 하면 되겠습니까?"

남훈은 강윤에게로 시선을 돌렸다.

"본격적으로 트로트에 맞춰야겠지요. 아직 트로트를 몰라서 생기는 문제니까요."

"알겠습니다. 좋은 말씀 감사합니다."

"사장님이 말한 대로 정말 좋은 재목입니다. 지금까지 저런 가수가 어디있다 나온 건지…… 내가 먼저 발견했어야 하는 건데. 아깝군요."

강윤은 어깨를 으쓱였다.

이윽고 노래를 마친 인문희가 부스에서 나와 그들 앞에 섰다.

"저……."

그녀의 표정에는 긴장이 잔뜩 어려 있었다.

강윤은 그녀의 어깨를 가볍게 두드려 주고는 남훈에게 고개를 숙였다.

"선생님, 우리 문희 잘 부탁드립니다."

남훈은 말없이 고개를 끄덕였다.

'우리 문희'라는 말에 인문희의 눈이 가늘게 떨려왔다.

그런 인문희를 뒤로하고 강윤은 스튜디오를 나섰다.

"야!! 이삼수우운!!"

정겨운 시골마을의 한 외양간에 한 처자의 비명이 울려 퍼졌다.

—음머어어어—

날선 처자의 목소리에 순한 눈을 한 소까지 놀랐는지 꼬리를 이리저리 흔들었다.

그러거나 말거나, 이삼순은 동료의 비명 소리에 연신 웃음을 터뜨렸다.

"하하하하하하!"

"아, 나 안 해! 못 해! 갈 거야!"

비명의 주인, 정민아는 들고 있던 플라스틱 삽도 내팽개치고 파업의 의지를 보였지만 다 소용없는 일이었다.

"에이, 어차피 다 할 거면서."

이삼순은 조용히 그녀에게 다시 삽을 들려주고는 소가 생산(?)한 검은 그것을 수레에 담아냈다.

"아씨…… 내가 왜 여기 끌려와서는……."

정민아는 울상을 지으며 다시 삽질을 시작했다.

에디오스의 공식 활동이 끝난 지 얼마 되지도 않았다. 그런데 이 아름다운 휴일에 이삼순이라는 악마의 꾐에 넘어가 지옥에 던져지다니…….

"싸게싸게 일햐. 그렇게 입 벌리면 냄새 다 들어간다?"

"웩!"

정민아는 억지로 냄새를 참으며 익숙하지도 않은 삽질로 수레를 채웠다.

한참이 지나서야 깨끗해진 외양간에 짚까지 깔고서야 일이 마무리되었다.

"이삼순, 요년! 일루 와!"

"민아야, 아파, 아파!"

일이 끝나자마자 장갑을 벗어던진 정민아는 주먹으로 이삼순의 관자놀이를 꾹꾹 눌러주는 우정을 보여주었다.

"민아 언니 또 발끈했다."

"발끈 민아잖아, 발끈 민아."

"하하하하!"

출연진 미리와 강현진이 그 모습을 보며 킥킥대며 웃었고, 그 웃음은 전 출연진에게 확산되는 비극을 낳았다.

게스트로 나와 '발끈 민아'라는 좋은 별명을 선물로 받아가는 순간이었다.

그렇게 정민아는 강원도까지 와서 재미와 감동(?)을 선사해 주고 촬영을 마쳤다.

"수고하셨습니다."

돌아가는 차 안에서, 정민아는 이삼순에게 투덜댔다.

"……삼순아. 이걸 매주 어떻게 찍어?"

예능 프로그램 참여가 거의 없다시피 한 정민아로선 이런 리얼 버라이어티 촬영에 매주 나가는 이삼순이 신기할 따름이었다.

이삼순은 대수롭지 않게 답했다.

"익숙해지면 편안하거든."

"……대단해. 난 체질이 아닌 듯. 아, 못해."

정민아는 연신 고개를 흔들었다. 하루 해보니 차라리 연습을 3일 내내 하는 게 더 나을 것 같았다.

차가 고속도로로 진입하자 이삼순은 의자를 완전히 뒤로 젖혔다.

그때, 정민아가 넌지시 말했다.

"지금쯤 사장 아저씨 중국에서 왔겠다. 그치?"

"그랬겠지? 왜? 사장님한테 할 말 있어?"

"뭐, 딱히 용건이 있는 건 아니고……."

정민아가 우물쭈물하자 이삼순이 짧게 한숨지으며 직구를 날렸다.

"……그냥 솔직하게 말하는 게 좋아."

"소, 솔직하게 뭘?"

"민아야. 버스 떠나면 못 타."

이삼순은 그 말을 끝으로 눈을 감고 꿈나라로 향했다.

'……너무 늦으면, 안 되겠……지?'

복잡한 생각에 머리가 엉기는 것 같았다.

결국 그녀는 서울에 도착할 때까지 잠들지 못했다.

"감사합니다!"

"오오오오!"

앙코르 곡까지 마무리하고, 이현아는 팬들에게 고개 숙여 감사를 표했다.

공연이 끝나고 떠들썩하던 팬들이 하나둘씩 떠나가자, 루나스는 정적에 휩싸였다.

그런 루나스를 둘러보는 이가 있었다.

강윤과 관리인이었다.

"이전보다 확실히 관객이 늘었군요."

뒤에서 말없이 공연을 관람하던 강윤은 확연히 늘어난 팬들의 숫자에 놀라움을 금치 못했다. 보고서로 보는 것과 눈으로 확인하는 것은 확실히 달랐다.

최근 루나스 관련 업무는 이현지가 전담을 했기에 강윤이 체감하기 힘들었다.

오늘 루나스에서 공연 열기를 직접 느껴보니 대단했다.

"네. 그래도 음향이 워낙 좋아서 커버가 되고 있긴 합니다."

"이제는 공간이 문제군요. 공간문제는 쉽게 해결할 수 있는 게 아닌데…… 어떻게 생각하시나요?"

느닷없는 강윤의 질문에 관리인은 쉽게 답을 하지 못했다. 관리인은 주로 이현지와 많이 상대했지 강윤과 직접 부딪치는 일이 많지 않아 그가 무척 어려웠다.

강윤은 그걸 알았는지 부드럽게 말했다.

"괜찮습니다. 편안하게 생각을 말씀해 주시면 됩니다. 현재의 루나스를 가장 잘 아시는 분이잖습니까."

그 말에 40대 중반의 관리인은 강윤의 눈치를 살피며 조심스럽게 답했다.

"다, 당장은 괜찮을 거라 생각합니다. 지금은 하얀달빛의 공연에만 사람들이 많이 몰리지 다른 밴드의 공연에는 좌석이 모자라지 않거든요."

"그렇습니까?"

"네. 아, 제 생각은 당장 급하지 않다는 겁니다. 앞일을 생각하면 필요할 거라 생각합니다. 지금 당장은 괜찮지만……."

"흠……."

강윤은 가볍게 고개를 끄덕이고는 관리인에게 감사를 표했다.

"좋은 의견 들려 주셔서 감사합니다. 참고하겠습니다."

"아이구, 아닙니다."

그렇게 강윤이 관리인의 안내를 받으며 루나스를 둘러보는데, 무대 위에서 한 사람의 실루엣이 비쳤다. 자세히 보니 가는 허리가 도드라진, 얇은 여인의 실루엣이었다.

"사장님!"

익숙한 목소리였다. 강윤이 눈을 가늘게 뜨고 보니 이현아였다.

그녀는 강윤을 향해 손을 흔들며 다가왔다.

"안녕하세요! 이게 며칠만이에요? 관리인 삼촌도 안녕하세요?"

"안녕, 현아 씨."

관리인과도 친했는지, 이현아는 그와도 활기찬 목소리로 인사를 나누었다.

무대 시설을 거의 둘러본 강윤은 관리인에게 감사인사를 전했다.

관리인이 무대를 떠난 후, 강윤과 이현아는 무대 위에 주저앉았다.

은은한 조명이 비치는 가운데, 강윤이 말했다.

“오늘 무대 좋더라. 실력도 많이 늘었고.”

“정말요? 와우, 기분 좋은데요?”

이현아는 눈웃음을 지으며 기쁨을 표했다.

“공연 내용도 좋아졌어. 분위기는 말할 것도 없고. 우리가 공연 시작한 지 이제 얼마나 됐지?”

“이제 1년이 다 되가네요. 믿기지 않아요. 우리 팀이 정기 공연에 지방공연…… 다 사장님 덕분이에요.”

이현아는 눈을 반짝이며 강윤을 바라보았다.

사람과의 만남이 무엇보다도 중요한 연예계였지만, 이런 사람을 만나는 것은 천운이라고 할 만 했다.

강윤은 피식 웃으며 손을 저었다.

“금칠은 이 정도면 됐어. 이야기나 하자. 요새 하얀달빛에 너무 신경을 못 쓴 것 같아서.”

“오, 아시나요?”

“……말이나 못하면.”

장난스러운 이현아의 말에 강윤은 어깨를 으쓱였다. 그러자 이현아가 자연스럽게 강윤의 옆으로 다가와 그의 손을 잡으려 했다.

그때, 강윤은 자리에서 일어났다.

“으, 몸이 좀 찌뿌둥하네.”

"……."

방금 이건 뭐지?

이현아는 순간 멍해졌다. 그녀는 당황하는 티를 내지 않으려 살며시 고개를 숙인 채 자리에서 일어났다.

강윤은 어깨를 빙빙 돌리며 말했다.

"공연하면서 어려운 일은 없어?"

"특별히 없는 것 같아요. 지방 공연도 익숙해져서 큰 문제는 없고요."

"다행이네."

이후 강윤은 여러 가지를 물었다. 멤버들의 일이나 혹시 소속사 사람들과 불화가 있는지 등 여러 이야기를 했다.

대체로 이현아에게 특이사항은 없었다.

……한 가지를 제외하고는.

'민아하고 잘 지냈으면 좋겠는데.'

강윤은 차마 정민아와 잘 지내라는 말이 쉽게 나오지 않았다.

두 사람 사이의 미묘함을 강윤이 모를 리 없었다. 그래도 여자들 사이의 관계까지 강윤이 뭐라 할 수는 없는 일.

괜히 불난 집에 기름 붓는 격이 될 수도 있기 때문이었다.

"하실 말씀 있으신가요?"

"아니, 아냐."

결국 강윤은 정민아 이야기를 턱 끝까지 올렸다가 다시 내리고 말았다.

"가자."

강윤이 앞서 밖으로 나서려는데, 이현아가 조심스럽게 강윤의 팔을 잡으려 했다.

그런데…….

"아, 전화 걸 곳이 있었는데……."

갑자기 강윤이 핸드폰을 꺼내 들더니 어디론가 전화를 걸며 앞으로 휘휘 걸어가는 게 아닌가?

'뭐야?!'

두 번씩이나!

이현아는 강윤의 뒷모습을 보며 기막힌 한숨을 내쉬었다.

김재훈에게 가사를 받은 강윤은 공을 들여 편곡을 마무리했다.

그리고 완성된 곡을 김재훈에게 들려주니…….

"……좋아요. 느낌도 있고."

김재훈은 좋은 곡이 나왔다며 엄지손가락을 치켜들었다.

그는 멜로디에 맞게 가사 일부를 수정하겠다며 다시 작업에 돌입했다.

며칠 후.

스튜디오에서 녹음이 시작되었다.

"부르르르르르르르르르-!"

부스 안에서 김재훈은 목을 풀었고, 밖에서 강윤은 장비를 조작하며 녹음 준비에 들어갔다.

―아아. 아아. 너무 울려요. 모니터에서 제 소리 조금만 빼주시고 MR 약간만 넣어주세요.

소리까지 맞추니 Stand-By.

녹음에 들어가기 전, 김재훈이 물었다.

―내레이션하고 허밍은 어떻게 하죠?

"일단 네 목소리부터 녹음하자. 이건 급하진 않으니까."

―알겠어요.

"그럼 시작한다."

―네.

시작사인과 함께 김재훈이 쓴 헤드셋에 피아노 소리가 은은히 흐르기 시작했다. 그는 눈을 감으며 음악에 빠져 들어갔다.

'나쁘지 않군.'

잔잔한 목소리가 만들어가는 하얀빛을 보며 강윤은 조금씩 기기를 조작했다. 날선 부분을 깎고, 부드럽게 만드는 일을 반복했다.

두 소절을 부르고, 강윤은 그를 멈추게 했다.

"잘했어. 한번만 더 해보자. 기교는 아예 뺐으면 좋겠어. 그리고 담담하게."

―네.

그렇게 두 사람이 녹음을 한창 진행하는데, 스튜디오에 손님이 찾아왔다.

조용히 문이 열리는 곳을 돌아보니 서한유였다.

"한유야."

의외의 손님이 방문하자 강윤은 놀랐다.

부스 안에서 가볍게 물을 마시던 김재훈도 눈이 동그래졌다.

서한유는 강윤에게 고개를 숙여 인사하고는 가져온 먹을거리를 건넸다.

"오늘 녹음하신다고 해서 와봤어요. 제가 방해한 건 아닌지……."

"아냐, 잘 왔어."

녹음할 때, 타 가수들이 찾아오는 일은 종종 있는 일이었다. 가수들은 프로듀싱에 관심이 많았고, 그중 배우고자 하는 이들도 상당했다.

서한유도 크게 다르지 않아 연신 믹서를 바라보고 있었다.

"저, 괜찮으면 사장님 일하시는 거 봐도 될까요?"

"나야 괜찮아. 재훈아, 괜찮을까?"

김재훈도 가볍게 고개를 끄덕였다.

"저도 상관없어요."

"감사합니다."

연락도 없이 찾아와 방해가 되진 않았을까 가슴을 졸였는데 역시 두 사람은 쿨했다.

휴식시간이 지나고 다시 녹음이 시작되었다.

강윤과 김재훈은 호흡이 잘 맞는 콤비였다.

녹음할 때, 보다 좋은 퀄리티를 위해 많은 시간을 녹음에 투자하는 김재훈이었지만, 강윤과의 녹음에서는 그리 많은 시간을 투자할 필요가 없었다.

김재훈의 마음을 강윤이 알아서 캐치해 소리를 맞춰주었기 때문이었다.

약 4시간.

심하면 하루를 넘기기도 하는 게 녹음이었지만, 두 사람의 작업은 생각만큼 오래 걸리지 않았다.

"후우."

거의 모든 파트의 녹음을 끝낸 김재훈은 이마에 난 땀을 훔치며 부스를 나왔다.

"형, 이젠 피처링하고 끝부분만 녹음하면 끝날 것 같네요."

"그러게."

김재훈은 소파에 앉아 손으로 가볍게 부채질을 했다.

처음에 나오는 내레이션과 후렴 마지막에 나오는 허밍에 여성의 목소리가 필요했다.

"오늘 끝내면 좋긴 할…… 음?"

피처링에 대해 고민하던 김재훈의 눈에, 강윤의 음정 보정 작업을 지켜보던 서한유가 들어왔다.

"한유야."

"네?"

"혹시 심심하지 않아?"

서한유가 알 수 없다는 표정을 짓자 김재훈은 그윽한 미소로 말했다.

"이번에 피처링 한번 해볼래?"

"네?!"

김재훈의 말에 서한유의 눈이 휘둥그레지고, 작업을 하던 강윤은 모니터에 침을 튀겼다.

"제가 피처링을요?"

서한유가 되묻자, 김재훈은 사람 좋은 미소를 지으며 답했다.

"응. 혹시 괜찮을까?"

"그게, 저…… 어려운 건 아닌데……."

"오, 그래? 그럼 괜찮은 거지?"

이미 머릿속에 불이 켜진 듯, 김재훈은 그녀에게 악보를 건네며 설명을 하려 했다.

'하하…….'

서한유는 난감했다.

오늘 온 목적은 프로듀싱을 보기 위해서였다. 강윤이 하는 작업을 보고, 옆에서 조금씩 배우고 싶은 이유에서였다.

피처링에 흥미가 없는 것은 아니었지만, 이렇게 끌려가는 느낌은 그리 좋지 않았다.

그때, 조용히 두 사람 사이를 지켜보던 강윤이 부스 바닥에 팽개쳐진 모자를 가리켰다.

"재훈아. 저기에 너 모자 놓고 왔다."

"아, 내 모자."

노래를 얼마나 열심히 불렀는지, 쓰고 있던 모자가 벗겨진 줄도 몰랐다.

김재훈은 급히 머리를 가리더니 부스 안으로 뛰어 들어갔다. 머리가 눌린 탓에 모자가 필수였다.

그가 없는 틈에 강윤은 부드러운 어조로 말했다.

"재훈이는 다 좋은데 한번 꽂히면 사람을 곤란하게 할 때가 있어."

"하하…… 좀 그러신 것 같아요."

서한유는 작게 웃으며 한숨을 쉬었다.

평소에 과묵한 편이던 김재훈에게 이런 저돌적인 면이 있을 줄은 생각도 못했으니 말이다.

"피처링이 곤란하다면 거절해도 괜찮아. 수습은 내가 해줄게."

"사장님."

"오늘은 프로듀싱 하는 거 보러 온 거잖아. 휴일도 많지 않은데 시간을 헛되이 보내는 건 좀 아니지."

"……."

서한유의 눈이 살짝 흐려졌다.

김재훈이 부스 안에서 머리를 가다듬고 모자를 쓰고 나올 때, 서한유가 조근한 어조로 말했다.

"사장님. 저라도 괜찮다면…… 해볼게요."

"괜찮겠어?"

강윤이 반문하자 서한유는 결심했는지 강한 눈빛으로 답했다.

"네. 그런데 제가 피처링은 처음이라 조금 걱정되네요. 잘 부탁드려요."

서한유에게서 승낙이 나오자 김재훈은 얼굴을 환하게 밝히며 그녀의 손을 덜커덕 잡았다.

"고마워! 그럼 같이 해보자."

"어어? 오빠."

쇠뿔도 단김에 빼라고, 김재훈은 서한유를 이끌고 부스 안으로 들어갔다.

'가끔 보면 엉뚱한 구석이 있단 말이야.'

부스 안에서 곡을 가르치는 김재훈을 보며 강윤은 피식 웃었다.

–아아. 아아–!

피처링 할 허밍음을 다 배운 서한유는 허밍음을 냈고, 강윤은 믹서를 조절하며 소리를 잡았다.

볼륨을 조절하며 강윤이 물었다.

"모니터는 괜찮아?"

헤드셋으로 들어오는 사운드를 체크하며, 서한유는 손으로 동그라미를 그리며 괜찮다는 신호를 보냈다.

그렇게 녹음 준비가 끝나자 강윤이 신호를 보냈다.

"그럼 시작할게."

MR이 흐르자 김재훈이 마지막 후렴을 부르자 서한유도

눈을 감으며 허밍을 시작했다.

—아아아~

원래의 하얀빛이 더더욱 강해지며 힘을 받았다.

뭉쳐진 눈뭉치 같던 빛은 서한유의 음표에 힘을 받았는지 눈덩이처럼 불어가는 듯했다.

허밍이 끝나고, 강윤은 마이크에 입을 댔다.

"둘이 목소리는 잘 맞는 것 같아."

—역시. 내 눈은 정확하다니까요.

김재훈이 엄지손가락을 치켜들자 강윤이 웃으며 말을 이어갔다.

"일단 트랙 만들어야 하니까 재훈이는 나오고, 한유만 혼자 해보자."

—네.

김재훈이 부스를 나오고 서한유 홀로 녹음이 진행되었다.

—아아아—

서한유의 목소리를 듣던 김재훈은 눈을 감으며 미소 지었고, 강윤은 모니터에 뜬 주파수를 보며 턱에 손을 올렸다.

'들을 땐 좋은 것 같은데 마스터링 할 때 손을 조금 봐야겠어. 느낌은 좋은데 약간 날카로운 것 같군.'

하얀빛에서 좀 더 좋아질 수 있을 것 같은데 뭔가가 아쉬웠다.

몇 번의 시도가 이어진 후, 김재훈이 궁금했는지 물었다.

"형, 어디가 안 좋나요? 저는 마음에 드는데……."

"나쁘진 않아. 믹싱하고 마스터링을 어떻게 해야 할지 생각하고 있었어."

"그래요? 아, 전 한유 목소리 정말 마음에 드는데. 차라리 가사 넣어서 편곡 다시 해보는 게 어떨까요? 아예 듀엣으로……."

서한유의 목소리가 어지간히 마음에 들었는지 김재훈은 적극적이었다.

그러나 강윤은 고개를 저으며 난색을 표했다.

"그건 또 다른 문제라 생각해. 지금 이 편곡이 어울리지 않는 것도 문제고, 본인에게 허락을 구해야 하는 것도 문제지. 거기에 가사도 듀엣 곡의 성격에 맞게 수정해야 해. 지금 이 가사 자체가 독백하는 느낌이 강한데 듀엣이 맞을까?"

"그건 그런데…… 아, 한유 목소리 정말 좋은데……."

김재훈이 아쉬워하며 물러나려 하지 않았지만, 강윤은 단호했다.

"한유와의 듀엣은 다음에 하자. 편곡에 가사까지 바꿔가며 듀엣을 하기에는 소모되는 시간과 에너지도 너무 많아."

"……한유가 쉬는 기간이라 괜찮을 거라 생각했는데……."

결국 김재훈은 수긍하며 고개를 끄덕였다.

하지만 그의 표정에는 진한 아쉬움이 묻어나고 있었다.

그 마음을 알았는지 강윤은 말을 추가했다.

"……다음에 준열이와 주연이가 했던 것처럼 제대로 듀엣

하나 기획해 보자. 알았지?"

"네, 형."

부스 안의 서한유를 바라보며 김재훈은 이후를 기약했다.

그렇게 김재훈의 녹음은 계속 진행되었다.

2012년 2분기에 DLE 방송국에서 방영한 수목드라마 '마녀의 연예'는 '이민혜'라는 슈퍼스타를 만들어냈다.

그녀는 사회적으로 성공한 CEO면서 연예에는 서툰 주인공 '나마녀' 역을 맡아 남자들은 물론 여자들의 워너비가 되어 폭넓은 사랑을 받으며 단번에 스타덤에 올랐다.

172㎝의 키에서 오는 긴 다리, 거기에 동안 페이스와 사근사근한 말투지만 화끈한 성격은 사람들의 시선을 단번에 사로잡기에 충분했다.

스타가 뜨면 자연스럽게 소속사도 바빠지게 마련이다.

인터뷰와 섭외 요청, 기타 문의 등으로 그녀가 속한 키오드엔터테인먼트는 시끄…….

"민혜야, 그게 무슨 말이니?! 계약을 파기하겠다고?!"

……러워야 했는데, 전혀 속성이 다른 고성이 울려 퍼지고 있었다.

키오드엔터테인먼트의 사장, 강기준은 당황스러운 얼굴로 팔짱을 끼고 있는 이민혜를 바라보았지만, 그녀는 냉담한 표정으로 먼 산만 보고 있었다.

"지금 들은 그대로예요."

"민혜야. 이건 아니잖아. 아직 계약기간도 3년이나 남아 있고……."

"그깟 위약금, 드릴게요. 얼마면 돼요?"

자신이 키운 스타에게 이런 말을 듣게 되다니…….

강기준 사장은 억장이 무너지는 심정이었다.

이민혜를 스타로 키우는 데 든 시간이 무려 4년이었다. 그동안 들어간 자금과 눈물, 남모를 노력들은 한순간에 물거품이 되어가고 있었다.

그는 통통한 볼살과 함께 몸을 부르르 떨었다.

"너, 너 혼자의 노력으로 떴다고? 그러면 안 돼. 우리가 지금까지 몇 년을 함께해 왔는데. 4년이야, 4년. 4년 동안 함께 그 고생을 해왔다고. 그런데 그 시간들을 한 순간에 배신하겠다는 거니?"

속에서 피눈물이 쏟아지고 있었지만, 강기준 사장은 최대한 마음을 억누르며 부드럽게 이민혜를 타일렀다.

그러나 이미 답은 정해진 듯, 이민혜는 냉정하게 돌아섰다.

"……계좌로 위약금은 보낼게요. 나 오늘까지만 출근해요."

"민혜야!"

이대로 보내면 안 된다.

강기준 사장이 필사적으로 이민혜의 팔을 붙잡았다. 그러나 그녀는 대번에 그의 팔을 뿌리치며 차갑게 말했다.
"……지난 4년. 오빠는 어떻게 생각할지 모르지만 나한테는 아무것도 안 보이는 지옥과도 같은 시간이었어요. 여기 계속 있으면 그런 지옥을 또 겪어야 할지 모르잖아요? 미안해요. 오빠한테 섭섭하지 않도록 톡톡히 챙겨드릴게요."
"하, 미, 민혜야. 내가 그까짓 돈이 아쉬워서 이러는 것 같아?! 그런 것 보다……."
"안녕히 계세요."
더 들을 필요도 없다는 듯, 그녀는 사무실을 뛰쳐나갔다.
"민혜야! 민혜야!"
퉁실한 몸으로 강기준 사장은 건물 밖으로 달려갔다.
그런데 그가 도착하니 이민혜가 소재를 알 수 없는 밴에 올라타는 것이 아닌가?
"민혜야! 이민혜!"
강기준 사장은 밴으로 달려가며 소리를 질렀지만, 그의 마음을 모르는지 야속한 밴은 그대로 떠나버렸다.
한참이나 도로를 달려 밴을 따라갔지만, 사람이 차를 쫓을 수는 없었다.
"하하하, 이거 꿈…… 이지?"
거리에서, 강기준 사장은 망연자실에 바닥에 풀썩 주저앉았다.
하루아침에 스타를 잃은 그의 현실은 잔혹했다.
그리고 다음 날.

스타 이민혜와 VVIP가 계약을 채결했다는 기사가 온 인터넷을 가득 메웠다.

♪♬♩♪♩♫♬♩♪

'한유하고 재훈이 볼륨 차이는 조절했고, 다음은…….'

따로 녹음한 소리들을 섞는 과정인 믹싱 작업의 막바지에 강윤은 땀을 흘리고 있었다.

컴퓨터 안의 전자악기 소리들과 목소리의 밸런스를 조절하고, 듣기 좋은 효과들을 넣으며 빛의 변화를 관찰했다.

'확실히 한유 목소리의 변화가 빛에 큰 영향을 주는군.'

강윤은 서한유 목소리의 이퀄라이저를 조절했다.

곡의 분위기가 팝보다 클래식한 느낌이 강하기에 중음역대를 좀 더 강조해 주는 이퀄라이저를 사용했다.

이퀄라이저를 조절하니 빛이 미세하게 강해졌다.

'고음역대의 Hz값이 조금 높나? 조금만 다듬자.'

그런데 작업을 하니 이번에는 빛이 조금 약해지는 것이 아닌가?

살짝 조절한다고 했는데, 실수로 음역을 나타내는 그래프를 건드려 전체 음이 출렁이고 만 것이다.

'이런.'

강윤은 다시 이퀄라이저를 원래대로 돌리고 다시 조절해 갔다.

그렇게 작업에 몰두하고 있을 때 전화 벨소리가 울렸다.

화면을 보니 이현지였다.

"네, 이강윤입니다."

–저예요. 일하는데 죄송해요. 잠깐 사무실에서 이야기 좀 할 수 있을까요?

강윤은 곧 가겠다고 답하고는 바로 사무실로 향했다.

사무실에 가니 이현지가 미실 것을 준비해 놓고 그를 기다리고 있었다.

"중요한 일이 있어서요. 앉으세요."

강윤이 소파에 앉자, 이현지도 마주앉았다.

그녀는 휴대폰으로 한 인터넷 기사를 열어 강윤에게 보여주었다.

–기획사 VVIP와 이민혜, 5년간의 전속계약 체결. VVIP, 이민혜에게 대배우의 가능성 있어…….

"말은 번지르르하군요."

강윤은 드물게 악담을 했다.

지난번 VVIP가 김지민을 빼가려는 일 때문에 감정이 그리 좋지 않았다.

"기사야 돈으로 사면 되니까요. 편리한 시대죠."

이현지도 콧방귀를 끼었다. 그녀도 저들이 마음에 안 들긴 마찬가지였다.

하지만 마음에 들지 않는 저들을 보여주는 이유가 있었다.

"이민혜라는 사람도 뜨자마자 소속사를 바꿔 타는 걸 보니 싹수가 보이지만, 중요한 건 그게 아니에요. 지난번에 진서 이야기 기억하시죠?"

"그것과 관련이 있습니까?"

이현지는 고개를 끄덕이며 차분히 말을 이어갔다.

"우린 배우 양성이나 마케팅에 관한 노하우가 없죠. 그래서 거기에 경력이 있는 사람을 필요로 하고 말이죠. 거기에 민진서 같은 배우를 맡길 만한 사람이 필요하고…… 그러자면 지금 이 사람이 제격일 겁니다. 강기준. 키오드엔터테인먼트의 사장이죠."

"이민혜가 속해 있던 곳의 사장이군요."

"맞아요."

강윤은 대번에 요지를 파악했다.

이현지는 들고 있던 커피 잔을 내려놓으며 이야기를 이어갔다.

"키오드엔터테인먼트, 아니 이민혜 한 사람만 있는 1인 소속사나 다름없었죠. 강기준이라는 사람은 이민혜 한 사람만 바라보고 있었으니까요."

"흠, 그렇다면 능력이 있다고 보기도 힘들지 않을까요? 1명에게 올인 했는데 배신이라…… 그렇다면 사람 보는 눈이 있다 하기도 힘들다 생각합니다만……."

강윤은 난색을 표했다.

이번 일의 경우, 확실히 스타에게 문제가 있다 할 만했다.

하지만 결국 책임을 져야 하는 이는 사장이었다. 그렇기에 처음 재목을 발굴할 때 신중하고 또 신중해야 했다.

강윤의 반응이 냉랭한 이유였다.

그러나 이현지의 생각은 조금 달랐다.

"사장님 말도 맞아요. 하지만 스타에게 쏟았던 정성, 그리고 기어이 스타를 키워낸 능력은 주목해야 한다 생각해요. 물론, 스타에게 뒤통수를 맞은 건 걸리지만…… 이 부분은 우리가 보완을 해주면 되지 않을까요?"

"흠……."

강윤은 잠시 생각했다.

단 한 명의 연예인에게 4년 동안 지극정성으로 투자하는 것도 보통 일이 아니다. 스타가 되지 전의 연예인의 수익이 얼마나 되겠는가. 거기에 결국 스타로 만들었고.

'일단 만나서 대화를 해보고 생각해 봐야겠어.'

"그 사람은 우리 월드에 올 의향이 있습니까?"

강윤의 물음에 이현지는 담담히 답했다.

"그쪽에서도 한번 만나보자고 말했어요. 하지만 크게 의욕은 없는 것 같더군요."

"그렇습니까. 그런데 이사님은 그 사람이 마음에 든 것 같습니다."

"한 사람에게 그렇게 정성을 들이는 사람은 쉽게 찾기 힘들거든요. 솔직히 마음이 가요."

그녀의 말에 강윤은 일단 만나보고 결정하겠다며 약속을 잡아 달라 요청했다.

[연화넷 –연극영화과 입시정보 전문채널]

Part 5–가수 모집.

–[MG] 2012 상시 오디션 –10월 일정.

–예랑 ENT 공채 제11기 오디션 공고.

–시오 엔터테인먼트 원스텝 연습생 모집.

–나엘, 트위스텔 GNB 엔터테인먼트 연습생 모집 공고.

단풍이 본격적으로 물들어가는 10월이 왔다.

전국의 연극영화과 대표 커뮤니티 겸 취업사이트라 손꼽히는 '연화넷'은 연일 공고들로 가득 차고 있었다. 여름에는 한 달에 한두 개도 찾아보기 힘든 공고들이 9월에 본격적으로 올라오더니 추석이 지난 이후 한 페이지를 넘길 정도로 많은 공고들로 채워지고 있었다.

한려예술대학 본관에 있는 컴퓨터 앞에서, 두 여학생은 연화넷에 올라 있는 공고들을 보며 앞으로의 진로이야기에 열을 올렸다.

"이번엔 꼭 MG에 들어가야지."

"난 윤슬. 아, 이번엔 꼭 돼야 하는데……."

당연히 그들의 관심사는 MG와 예랑, 윤슬과 GNB 등 큰 기획사들에 있었다.

학교로 치면 이른바 SKY에 비유되는 이런 명문 소속사에 들어가야, 추후 데뷔했을 때 좀 더 편안하게 활동을 할 수 있다는 걸 알기 때문이었다.

그런데 머리가 긴 여학생이 스크롤을 내리더니 실망한 기색을 감추지 못했다.

"칫, 이번에도 없네."

"어디?"

"거기 있잖아. 요즘 애들이 알짜라면서 가고 싶다고 하는데. 은하 있는 곳이 어디였지?"

"아아. 월드? 하긴, 거기가 진짜 알짜지. 퍽하면 1위에, 히트에. 그런데 그래봐야 뭐하니. 공고 안 뜨는데."

키 작은 여학생이 아쉬움을 잔뜩 드러내며 눈꼬리를 내렸다.

한국의 모든 기획사들이 모집 공고를 올린다는 연화넷에서조차 월드엔터테인먼트의 연습생 모집 공고는 찾아볼 수가 없었다.

대형 기획사들은 언제나 단연 선망의 대상 1위였지만, 음반을 냈다하면 차트 윗자리를 예약하고 보는 월드엔터테인먼트 같은 알짜 기획사에게도 시선이 쏠리는 건 당연했다.

문제는…….

"대체 소영 선배는 거기 어떻게 들어간 거야? 인맥인가?"

"몰라. 혹시…… 스폰?"

"야야. 그런 말도 안 되는 소리하지 마라. 거기 사장이 고X라는 소리도 있어."

"에엑? 그런 말은 어디서 들었어?"

"나도 들은 말이야."

말도 안 되는 소문을 양산하며, 여학생들은 수다를 이어갔다.

"에이, 난 월드에 UCC도 올렸는데 연락이 없어."

"어? 너도 낸 거야? 나도나도. 그런데 지금까지 연락도 없고…… 에이, 모르겠다."

영상을 먹어버린 건지.

월드엔터테인먼트는 가까운 듯했지만 멀고도 먼 당신 같은 존재였다.

여학생들이 월드엔터테인먼트에 대해 푸념하는데, 뒤에서 인기척이 들려왔다.

"강미, 선아. 둘이 여기서 뭐 하니?"

돌아보니 최찬양 교수가 웃으며 손을 흔들고 있었다.

여학생들은 반색하며 그를 반기고는 바로 궁금한 것들을 물었다.

"교수님, 월드엔터테인먼트는 어떤 곳인가요?"

"응. 왜? 월드에 관심 있니?"

그러자 머리 긴 여학생이 눈을 빛냈다.

"네. 요즘 월드, 선망의 대상이잖아요."

"하긴, 그럴 만도 하겠네. 요새 내는 앨범마다 다 잘됐으니까."

최찬양 교수도 바로 수긍했다.

방송에 나오기만 하면 히트다. 앨범, OST, 심지어 예능까지.

거기 소속사는 무슨 신이라도 내렸는지 했다하면 뻥뻥 터지는데 학생들이라고 모를까? 게다가 이 학생들은 취업이라면 불을 켜고 있는 '취업준비생'들이었다.

그때, 최찬양 교수는 뭔가가 생각났는지 손바닥을 쳤다.

"아, 이번에 물어보면 되겠네. 이번 주 금요일에 선배와의 대화가 있으니까."

"선배와의 대화요? 아."

여학생들은 바로 기억해 냈다.

한려예술대학의 전통으로 소위 취업에 성공해 잘나가는 선배들이 후배들을 위해 여러 가지 조언을 해주는 시간이었다.

"이번에 현아가 와. 그때 물어보면 될 거야."

"진짜요?!"

이현아.

월드엔터테인먼트에서 성공한 대표적인 아이콘이었다.

기대감으로 여학생들의 눈에 진한 빛이 돌았다.

♪♫♩♪ ♫♬♩♪

도봉구 창동에 위치한 동네 술집.

창가 뒤로 비치는 야산과 어스름한 조명이 비치는 인적 없는 술집은 정적이 감돌았다.

"……."

"……."

강윤과 이현지는 키오드엔터테인먼트의 사장, 강기준과 함께 조용히 술잔을 기울였다.

이미 그들의 테이블 밑에는 빈 소주병이 여러 개 놓여 있었다. 그러나 술이 매우 셌는지 강기준 사장은 태연히 강윤의 빈 잔을 채워주고 있었다.

"……은하는 대단한 것 같습니다. 그 상황에서 거절을 하고."

기회가 오니 얼른 VVIP로 옮겨 버린 이민혜를 김지민과 빗대며, 강기준 사장은 씁쓸한 얼굴로 소주를 넘겼다. 그의 덥수룩한 수염에 술방울이 묻자 그는 가볍게 털어냈다.

강윤은 빈 잔을 내려놓고는 차분한 어조로 말했다.

"동고동락한 세월이 있었으니까요. 함께 구르고, 고생하고. 그 무게가 유혹보다 강했다 생각합니다."

"그럼……."

강기준 사장은 슬픈 눈으로 강윤을 바라보았다.

"전 뭡니까? 하하…… 민혜는 왜 날 버리고 거기로 가버린 걸까요. 나와 했던 고생들은 아무런 의미가 없던 것이었을까요."

"……."

강윤은 아무 말도 하지 않았다.

다만, 그의 빈 잔에 술을 채워 줄 따름이었다.

이현지가 차분한 어조로 이야기했다.

"연예인이 스타가 되고, 작은 소속사에서 큰 소속사로 가는 일은 흔한 일이죠. 사람은 더 안정된 환경을 찾게 마련이니까요."

"그렇지만…… 하아."

이현지는 냉정했다. 사실 맞는 말이기도 했다.

VVIP엔터테인먼트는 중견소속사로서 여러 스타들을 보유했고, 나름 노하우도 갖추고 있었다. 반면 1인 소속사인 키오드엔터테인먼트에서 노하우를 찾는 건 잔혹한 일이었다.

강윤이 말했다.

"6년이면 짧은 세월은 아니죠. 하지만 그보다 더한 세월을 빛도 못 보며 사라지는 사람들도 많습니다. 하다못해 데뷔도 못 하는 연습생들이나 단역은 수도 없이 많죠. 1000명 데뷔하면 1명이 뜰까말까 한 이 시장에서 띄운 건 대단한 겁니다."

"아무리 그래도 지키지 못했죠. 결국 전 혼자가 됐습니다."

강기준 사장은 강윤과 잔을 부딪치며 말을 이어갔다.

"이사님의 제안, 처음에는 감사하게 생각하고 받아들이려 했습니다. 하지만 조금 생각해 보니…… 폐가 될 것 같았습니다. 전 제 별 하나 지키지 못한 사람입니다. 그 이후 전화는 물론이요 스토커처럼 집까지 찾아가봤지만 문전박대만 당했습니다. 새로 붙은 매니저라는 사람에게 내동댕이쳐지는 수모까지 당했습니다. 이미 위약금은 다 물었다며, 우리 사이에 남은 인연은 이제 없다는 말을 들었을 때의 그 기분은…… 이런 제가 뭘 할 수 있겠습니까. 죄송하지만 폐만 될 것 같습니다."

강기준 사장은 자괴감에 빠졌는지 고개를 깊숙이 떨어뜨렸다.

잠시 침묵이 흘렀다.

이현지가 무슨 말을 해야 할 지 생각하고 있을 때, 강윤이 차분한 어조로 이야기했다.

"솔직히 제 생각을 말씀드리겠습니다. 실망입니다."

"……."

조근조근한 어조로 강한 말을 하는 강윤에게 이현지가 놀라 눈을 휘둥그레 떴다.

"사장……."

강윤은 이현지의 손을 가볍게 잡더니 말을 이어갔다.

"자기 연민의 드라마를 보는 기분입니다."

"자, 자기 연민이라고요?"

강기준 사장의 표정이 일그러졌지만, 강윤은 눈 하나 깜짝하지 않고 말을 이어갔다.

"애초에 기획을 하는 사람은 연예인의 배신에 따른 리스크를 지고 갑니다. 그걸 조금이라도 줄이기 위해 사람 보는 눈을 제대로 갖추려 노력하는 거지요. 연예인은 애초에 뜨기 전에는 모래알만도 못한 존재지만, 한번 뜨면 하늘에서 빛나는 별이 됩니다. 그때, 연예인의 인성이 드러납니다. 자기 마음대로 주변을 마구 휘둘러대기도, 사고를 치기도 하지만 반면 묵묵히 자기 할 일을 행하는 사람도 있습니다. 이런 사람들이 더 오래가게 마련입니다. 기획하는 입장에서는 이런 인격적인 측면을 보고, 함께 갈지를 결정해야 합니다."

"……."

"지금 강 사장님은 그걸 보는 눈도, 견뎌낼 마음도 없는 것 같습니다."

"그걸 지금……."

돌직구가 날아들자 자괴감에 빠져 있던 강기준 사장의 눈에 불이 켜졌다.

그러나 강윤은 말을 멈추지 않았다.

"거울을 보십시오. 우린 손님입니다. 그리고 이 자리는 다른 회사 관계자를 만나는 자리지요. 그런데 덥수룩한 수염하며, 자기연민에 빠진 태도까지."

"……."

강기준 사장은 꿀 먹은 벙어리가 되었다.

잠시 말을 멈춘 강윤은 짧게 한숨을 쉬고 말을 이어갔다.

"……사람 보는 눈이 없어서 6년이 허사가 됐습니다. 첫 연예인을 6년 간 키워오며 스타로 만든 끈기와 능력, 대단합니다. 인정할 만하죠. 하지만 지금은 어떻게 됐습니까? 이젠 결과를 인정하고 견뎌야 하는데, 지금 그럴 준비가 되어 있다고 생각이 들지 않습니다."

"……."

강기준 사장은 몸을 부르르 떨다 외쳤다.

"하하, 사…… 사장님은 이런 일을 겪어보지 않아서 그런 말을 쉽게 할 수 있는 겁니다."

그 말에 이번에는 강윤이 멈칫했다.

사실 회귀하기 전, 수도 없이 스타들을 빼앗긴 적이 있던 강윤이었지만, 그런 경험담들을 이야기할 수는 없었다.

강윤은 한숨을 쉬며 말했다.

"전…… 애초에 겪을 이유가 없었습니다. 함께 고생하고, 함께 열매를 누릴 사람을 철저하게 가려 뽑았으니까요."

"그런……."

화가 나서 견딜 수가 없었다.

이 사람은 설득을 하러 온 건지, 도발을 하러 온 건지.

더 들을 필요도 없다는 듯, 강기준 사장은 자리에서 벌떡 일어났다.

그때, 강윤이 담담히 말했다.

"다른 건 몰라도, 내가 키운 자식에게 뒤통수 맞는 일은 없게 해줄 수 있습니다."

"……네?"

그 말에 강기준 사장이 조금은 얼빠진 표정으로 강윤을 바라보았다.

"강 사장님은 기획력, 스타를 향한 애정, 영업 등 많은 능력이 있습니다. 6년간 현장에서 구르고 성공하며 축적된 노하우겠지요. 결과가 좋지 않았던 이유는 하나. 내 자식이 어떤 애인지를 몰랐기 때문입니다. 이 바닥이 그렇습니다. 사람으로 흥하고 망하는 곳이죠."

"……하고 싶은 말씀이 뭡니까."

강윤이 도발이 기분이 상했는지 그의 눈은 서늘했다.

그러나 강윤은 차분히 말을 이어갔다.

"앞으로 절대 뒤통수 맞을 걱정 없이, 스타메이커가 될 수 있게 해드리겠습니다. 그게 월드와 키오드엔터테인먼트의 합병 조건입니다."

"하……!"

강기준 사장은 기찬 소리를 내뱉었다.

월드엔터테인먼트가 지금 잘나간다는 것은 잘 알았다.

김지민이 VVIP의 스카우트를 거절한 이야기도 알게 되었다.

하지만 언제까지 월드가 잘나갈지는 알 수 없는 노릇이다. 가수란, 앨범 하나만 실패해도 회사를 휘청이게 할 수도 있는 존재였고, 그런 가수를 넷이나 보유한 게 월드엔터테인먼트다.

거기에 월드라고 배신이 없을 거라고 누가 보장하겠나?

"……말이 합병이지, 결국은 저를 원한다는 이야기군요."

"부정하지 않겠습니다. 거기에 붙뜬 매니저와 코디네이터까지. 6년 동안 한 사람을 꾸준히 돌봐온 스태프들은 쉽게 찾기 힘들죠. 기꺼이 수용할 생각입니다."

"……그건 나쁘지 않군요. 그런데 월드에서도 다른 곳으로 가는 이가 나오면 어찌하실 겁니까?"

사람 마음은 알 수 없다.

월드엔터테인먼트보다 더 큰 기획사들이 널리고 널렸다.

그런데 이 사람은 무슨 수로…….

"연예인이 하고 싶은 걸 해주게 하면 됩니다."

"네?"

"연예인이 원하는 것과 회사가 원하는 것을 일치시켜 수익을 창출한다. 이게 월드엔터테인먼트의 방향입니다. 이건 대형기획사에서도 결코 쉽게 할 수 없는 것들입니다. 아무리 돈이 좋아도 자유와 바꾸겠습니까?"

강윤은 어깨를 으쓱하며 답했다.

"허…… 허허……."

멍하니 눈을 껌뻑거리는 그의 앞에서, 강윤은 할 말이 더 이상 없다는 듯 자리에서 일어났다.

"죽은 자식 불알을 계속 만져 봐야 자식은 살아 돌아오지 않습니다."

"……."

"생각 있으면 연락 주십시오."

강윤은 자리에서 일어나며 그에게 명함 하나를 내밀었다.

"진짜 계획은 오시면 이야기하도록 하지요. 오래 기다리진 않겠습니다."

멍하니 앉아 있는 그를 놔두고 술집을 나선 강윤과 이현지는 대리운전기사를 불렀다.

차 뒷좌석에서, 이현지는 창문을 살짝 열며 강윤에게 물었다.

"반신반의하더니 그래도 강 사장이 마음에는 들었나 보네요."

그러자 강윤은 고개를 가볍게 흔들었다.

"정이 깊은 사람 같았습니다. 그리고 자기 식구들은 끔찍하게 챙기더군요. 연예인이 떠버리면서 매니저나 코디네이터도 졸지에 실업자가 될 판이었는데, 그들을 아직도 데리고 있고. 저런 사람은 먼저 스타를 저버릴 것 같다는 생각은 들지 않았습니다."

"호오. 처음에는 마음에 안 들어 하지 않았나요?"

"아직은 반신반의입니다."

이현지는 어깨를 으쓱였다.

'하긴, 뒤도 안 돌아보고 바로 오라고 했을 테지.'

두 사람이 탄 차는 그렇게 집으로 향하고 있었다.

김재훈의 녹음 작업이 끝나고, 강윤은 바로 믹싱과 마스터링 작업에 들어갔다.

그런데 보통 집에서 홀로 작업을 하는 그였지만, 오늘은 조금 달랐다.

"지금 하는 걸 레벨링이라 하는 거예요?"

스튜디오에서, 모니터에 펼쳐진 음향 표시들을 신기하게 보는 여인이 있었다. 170에 이르는 큰 키의 여인, 서한유였다.

그녀의 손에는 펜과 수첩이 들려 있었다.

"맞아. 녹음한 소리들의 볼륨을 조절하며 맞추는 작업이지. 이걸 하면 믹싱의 60%는 끝났다고 보면 돼. 보통 드럼소리부터 볼륨을 조절하며 밸런스를 맞추는데, 이번 재훈이 곡은 드럼이 없으니까 다른 리듬악기부터 밸런스를 잡아주는 거야."

"아아. 어? 조금 큰 것 같은데요? 이 소리는 어떤 소리예요? 웅장한 느낌이네요."

처음에는 작은 동동대는 소리가 갈수록 커져가며 둥둥대는 거대함으로 변해가는 음에 서한유는 감탄했다.

"팀파니. 볼륨 한번 조절 해볼래?"

"어? 제가 해도 괜찮아요? 망칠 것 같은데."

"어차피 파일 따로 저장할 거니까. 해봐."

서한유는 강윤의 말을 들으며 팀파니 볼륨들을 조금씩 조절해 갔다.

조절한 소리들을 재생할 때마다 팀파니에서 나오는 음표의 빛이 옅어졌다, 밝아졌다를 반복하며 빛에도 영향을 주었다.

"어? 이 정도면 좋겠어요."

평소에 들어왔던 오케스트라 연주를 상기하며, 서한유는 볼륨 조절을 멈췄다.

그러자 강윤이 다음 과제를 던져주었다.

"이번엔 첼로."

"네."

그렇게 두 사람이 함께 레벨링 작업을 해나가는데, 노크하는 소리와 함께 정혜진이 들어섰다.

"사장님, 손님 오셨습니다."

"손님? 누구인가요?"

"강기준 씨라고, 사장님 명함을 보여주셨어요. 일단 사무실에 모시기는 했는데……."

강윤은 서한유에게 레벨링을 해보라며 트랙 순서를 정해주고는 사무실로 올라갔다.

"사장님, 안녕하십니까?"

사무실에서, 강기준 사장이 자리에서 일어나 강윤과 손을 맞잡았다. 술집에서 봤던 때와는 다르게 매우 깔끔한 인상이었다. 이중 턱은 여전했지만, 수염이 없으니 한결 보기 좋았다.

"어서 오십시오. 앉지요."

곧 정혜진이 차를 내오고, 본격적인 이야기가 시작되었다.

"며칠 동안 많은 생각을 했습니다. 아직 민혜 일이 마음을 쿡쿡 쑤시지만, 이대로 있을 수도 없지요. 사장님 말씀이 맞습니다. 죽은 자식 불알을 만져봐야 자식이 살아 돌아오진 않지요."

강윤은 차를 한 모금 넘기고 말했다.

"아픈 일을 겪은 분에게 무례한 말을 한 것 같아 마음에 많이 걸렸습니다. 사과드립니다."

그러자 강기준 사장이 고개를 흔들었다.

"아닙니다. 사실 사장님 말씀이 다 맞는걸요. 후, 사실…… 욕심이 나서 왔습니다."

"욕심이라."

"하하, 잊으셨습니까? 스타메이커로 만들어주신다 하지 않으셨습니까?"

그 말에 강윤은 씨익 웃었다.

"물론 기억하고 있습니다. 그럼……."

"네. 오기 전에 이 이사님께 이야기 들었습니다. 월드엔터테인먼트에 배우 전담 부서를 만드실 생각이시라 들었습니다."

"맞습니다. 거기에 강 사장님이 필요합니다. 강 사장님같이 배신의 아픔을 아는 분이라면, 절대 상대에게 칼을 꽂지는 않으시겠죠."

"하하하."

강기준 사장은 한번 웃고는 말을 이었다.

"그냥, 아무 생각 없이 일에만 집중할 수 있게 해주십시오. 연예인이 하고 싶은 일을 하게 하면서 수익을 창출한다? 그게 궁금하기도 하고 말이죠. 기획자 입장에서 이게 보통 일이 아닐 텐데…… 저도 한번 해보고 싶습니다."

"알겠습니다. 그럼 앞으로 잘 부탁드립니다."

두 사람이 손을 맞잡으며 계약이 성사되었다.

키오드엔터테인먼트가 월드엔터테인먼트 산하의 배우전담팀이 되는 순간이었다.

의욕 넘치는 목소리로 강기준 사장이 물었다.

"그런데 월드에 소속 배우가 있다는 말을 들어 본 적이 없는데…… 설마 연습생을 뽑는 것부터 시작인가요?"

"아닙니다. 지금은 합병절차를 진행하면서 월드엔터테인먼트가 어떤 곳인지 알아 가시면 됩니다. 머잖아 담당할 연예인이 올 테니까요."

"누군지 알 수 있을까요?"

강윤은 씨익 웃으며 말했다.

"민진서."

"……네에에에?!"

이게 말인지 방구인지!

민진서라면 이민혜하고는 비교하기도 미안한 대스타가 아닌가?!

강기준 사장의 눈이 경악으로 물들어갔다.

"자, 잠깐만요."

강기준 사장은 손을 들어 강윤을 제지했다.

"제가 들은 민진서가 연습생이나 지망생 민진서 말고, 한류여신 민진서가 맞지요?"

한류여신.

중국에서 영화로 최고 대우를 받는 민진서를 일컫는 말이었다. 그녀 이후, 중국에서 한국 배우들에 대한 관심이 커지고 있으니 말이다.

표정이 풍부해지는 그의 모습에 강윤이 웃으며 답했다.

"하하하. 여신이라는 표현까지는 잘 모르겠지만, 배우 민진서라면 맞습니다."

그 민진서가 맞았다.

강기준 사장은 침을 꿀꺽 삼키고는 말을 이었다.

"아하하……. 민진서라면 MG엔터테인먼트에서 애지중지하기로 소문난…… 잠깐만요."

그는 뭔가가 떠올랐는지 짧게 한숨을 쉬었다.

"제가 사장님을 무시하는 게 아니라, 민진서가 월드와 MG는 규모가 다른데…… 아, MG엔터테인먼트와 민진서 사이에 불화가 있다는 말이 사실인가 보군요. 업계에서도 공공연한 비밀이었지요. 중국에 진출할 때부터 MG와 민진서가 틀어져 있었다는 말이…… 그렇다고 해도 아직은 재계약할 때가 되진 않았을 텐데……."

강기준 사장은 고개를 갸웃했다.

재계약 시즌이 되었다면 대형 소속사들이 민진서를 내버려 둘 리가 없었을 테니까.

궁금하게 많아 보이는 그에게, 강윤은 지금은 때가 아니라며 말을 일축했다.

"진서에 대해선 할 말은 많지만 자세한 일들은 차후에 말씀드리겠습니다. 일단은 우리가 해나가야 할 일부터 말씀드리겠습니다."

그 말에 강기준 사장은 복잡한 사정이 얽혀 있다는 것을 눈치채고는 입을 닫았다.

'헛소리 할 사람은 아닌 것 같으니까.'

강윤이 말만 앞서는 사람이 아니라는 생각에, 강기준 사장은 지금 한 이야기를 가슴에 담아두었다.

두 사람은 차후의 일에 관해 대화를 나누었다.

루나스라는 곳에 자신의 사무실을 내주겠다는 강윤의 말을 들으며, 강기준 사장은 생각했다.

'MG가 민진서가 나가는 걸 내버려 둘 리가 없는데. 어떻게 민진서가 월드로 오게 된다는 걸까? 숨겨진 이야기는 어떤 걸까? 배신 같은 뻔한 스토리는 아닐 테고.'

월드엔터테인먼트에 오자마자 강기준 사장은 큰 과제와 맞닥뜨리게 되었다.

강기준 사장과의 대화를 마친 강윤은 서한유가 기다리고 있는 스튜디오로 내려왔다.

그가 스튜디오 문을 열고 들어가니 서한유는 김재훈과 함께 대화를 나누며 레벨링 작업을 하고 있었다.

"피아노 소리가 너무 큰 것 같지 않아요?"

"그래? 난 이 정도 볼륨이 딱 좋은 것 같은데……."

"너무 큰 것 같은데……."

서한유는 고개를 갸웃하며 김재훈의 이야기에 반박했다.

하지만 김재훈도 한 고집 하는 사나이. 게다가 자기 곡이니 물러날 기미가 없었다.

대화가 언쟁이 될 타이밍에 강윤이 끼어들었다.

"레벨링 하는 중이었어?"

"아, 사장님."

집중하다 보니 강윤이 들어온 것도 보지 못했다.

김재훈은 멋쩍었는지 머리를 긁적였고, 강윤은 그의 등을 가볍게 두드려 주고는 서한유 옆에 다시 앉았다.

"어디 보자. 피아노 소리가 크네?"

"그쵸?"

서한유가 김재훈을 바라보며 '그거 봐요'라는 눈빛을 쏘자, 김재훈은 그건 아니라며 강윤에게 주장했다.

"저기, 형. 제 생각에는 전체적으로 피아노 볼륨이 커지는 게 좋을 것 같아요. 잔잔하게 끝까지 치고 올라가는 그 맛이 강조되는……."

"아, 그래? 그것도 나쁘지 않겠다."

강윤은 김재훈의 말에 피아노의 볼륨을 조절했다. 피아노 선율이 강조되며 아름다운 선율이 두드러졌지만, 다른 소리들과의 밸런스가 깨지며 묻혀 버리는 현상이 발생했다.

서한유는 고개를 갸웃거렸다.

"뭔가 이상한데……."

그녀의 반응에 강윤이 말했다.

"지금은 이상해도 조금만 참자. 곧 듣기 좋게 수정을 할 거니까. 그럼 공간감을 조절해 보자."

"공간감이요?"

알 수 없는 용어가 나오자 서한유는 진한 호기심을 드러내며 눈을 빛냈다.

그 모습이 귀엽게 느껴진 강윤은 각 트랙의 사운드를 내는 위치를 조절해가며 이야기했다.

"비발디의 사계를 오케스트라 연주로 들어본 적 있어?"

"네. 주연 언니랑 연주회에 갔다가 한번 들어봤었어요. 잔잔해서 좋았어요. 그 많은 악기들을 컨트롤하는 지휘자도 대단했고……."

"자, 그런데 말이야. 그 오케스트라 악기들도 위치가 다 구별되어 있지? 바이올린, 첼로, 트럼본 등 관악기나 현악기 별로. 맨 뒤에는 팀파니 같은 악기들이 있고."

"맞아요. 소리들이 뭉치면 안 된…… 아."

그녀는 대번에 강윤이 말하고자 하는 의도를 파악했다.

"유식하게 소리의 정위를 설정한다고 하는데, 쉽게 말하면 각 소리들이 어디서 연주가 되는지 위치를 설정해 공간감을 연출해 주는 거야. 보통 저음은 밑에, 그리고 왼쪽과 오른쪽, 센터, 그리고 위쪽에서 연주되는 느낌을 연출하지."

"아아. 그럼 피아노 소리도 왼쪽이나 오른쪽, 아래 중에서 위치를 설정해 줘야 하는 거군요."

"정답. 이 미묘한 조작에 따라 음악의 질이 달라지는 거야."

서한유는 눈을 반짝이며 강윤의 말을 하나하나 메모해 갔다.

"이 조작을 하고, 뭔가 부족하다 느껴지는 부분은 컴프레서나 리버브 등으로 효과를 넣어주면 돼. 컴프레서가 좋긴 한데, 어렵고…… 아, 설명할 건 많은데 모두 이해하긴 힘들 거야. 차근차근 알아간다 생각해."

"알겠습니다."

"이제 들어봐."

강윤은 위치를 조절한 곡을 재생했다. 그러자 볼륨이 무척 컸던 피아노 소리에 공감감이 생기더니, 한층 듣기 좋은 소리로 변했다.

서한유는 진심으로 감탄했다.

"……우와."

"재훈아. 괜찮아."

"네, 형. 딱 좋네요."

김재훈도 엄지손가락을 치켜들었다.

이후 강윤은 서한유에게 설명을 이어가며 레벨링 작업을 해나갔다.

서한유는 메모장이 꽉꽉 들어차도록 필기를 해가며 공부에 열을 올렸고, 김재훈도 틈틈이 그녀의 궁금증을 풀어주었다.

그렇게 레벨링이 끝나니 해는 지고 저녁시간이 되었다.

"오늘은 여기까지 할까?"

강윤이 기지개를 펴며 자리에서 일어나자 서한유가 감사하다며 고개를 숙였다.

그러자 강윤은 웃으며 그녀의 어깨를 두드렸다.

"쉬고 싶을 텐데 이렇게 나와서 배우는 게 대단한 거지. 다음에 오면 마스터링 가르쳐 줄게."

"감사합니다."

자신도 힘들게 배운 걸 텐데, 그걸 선뜻 가르쳐 주겠다고 나서다니…….

김재훈은 그런 강윤의 모습에 진심으로 탄복했다.

'역시, 대인배야.'

"사장님."

"응?"

김재훈의 부름에 강윤이 고개를 돌리자, 그는 웃으며 말했다.

"오늘 저녁은 제가 쏠게요."

"오올! 진짜?!"

"네. 한유도 가자."

"감사합니다, 오빠."

레벨링에 진을 뺐지만, 그 작업으로 세 사람의 관계는 더더욱 돈독해졌다.

스튜디오를 오르는 계단에서, 강윤이 서한유에게 덤덤히 말했다.

"한유야. 다음에 올 때는 각 악기들에 어울리는 주파수를 조사해 와."

"네. 아, 자, 잠깐만요. 주파수요?!"

항상 침착한 서한유의 당황하는 모습을 보며 김재훈은 유쾌하게 웃었다.

"하하하하하. Hz단위로 보는 건데, 내가 가르쳐 줄게."

"감사합니다."

세 사람은 즐거운 모습으로 월드엔터테인먼트를 나섰다.

♪ ♫ ♩ ♪

강윤 일행이 떠난 스튜디오는 이후 인문희의 차지가 되었다.

"가거라~ 저 너머로~"

"너무 꺾었어. 다시."

트레이닝을 위해 온 남훈의 지도를 받아, 인문희는 목소리를 높여갔다.

하지만 그녀의 꺾은 소리가 마음에 들지 않는지 남훈은 그녀의 노래를 끊고는 재차 강조했다.

"자연스럽게, 좀 더. 좀 더."

"네."

인문희는 바짝 기합이 들어 남훈의 지시에 따랐다.

일반인이 듣기에는 큰 차이가 나지 않았지만, 남훈이 듣기에는 달랐다.

'조금 더 끌어올릴 수 있어.'

인문희를 보니 욕심이 들었다.

목소리부터 감정 등등. 모든 것이 트로트에 특화된 것처럼, 그녀의 노래는 모르는 사람이 듣기에도 만족스러웠다.

"철 지난 바람의-"

"다시."

"……네."

하지만 그런 마음과는 달리, 남훈의 표현은 투박했다.

휴식기를 맞은 에디오스의 숙소는 한산했다.

미국에 있는 부모님을 만나기 위해 귀가한 에일리 정과 여행을 간 한주연은 숙소를 비웠고, 이삼순도 할머니 댁으로 돌아갔다.

덕분에 6명이 있는 숙소는 3명밖에 없는 상황.

그런 숙소에서 일이 벌어지고 있었다.

"……한유야, 너 대단하다."

정민아는 창고로 쓰던 쓸모없던 방의 변신에 놀라 토끼같이 눈을 껌뻑였다.

"끙차."

서한유는 컴퓨터 옆에 놓인 커다란 신디사이저를 번쩍 들었다. 그러나 신디사이저의 무게가 만만치 않아 그녀의 손이 파르르 떨렸다.

"어어?"

정민아는 얼른 달려가 그녀를 거들었다.

함께 스탠드 옆에 신디사이저를 놓으니, 서한유가 이마에 땀을 훔치며 말했다.

"언니, 고마워요."

"뭘 이 정도로. 그런데 이걸 네가 다 설치해야 하는 거야?"

"아마도…… 요?"

"……."

정민아는 혀를 내둘렀다.

컴퓨터를 놓는 위치라든가, 신디사이저, 거기에 스피커 세팅까지.

작업실 세팅을 위해 할 일은 정말 많았다.

"어어? 같이 들어."

정민아는 가타부타 물건부터 들려 하는 서한유를 제지했다.

결국, 그녀는 막내의 일에 휘말려 휴일에 이사를 방불케 하는 일에 동참하게 되었다.

10월 중순.

근 1년 만에 김재훈의 새 앨범이 공개되었다.

'소년'이라는 이름의 디지털 싱글로 특색 있는 홍보 없이 전 음원사이트에 공개되었다.

결과는 말할 것도 없었다.

—독백적인 가사에 절제된 목소리, 그 목소리를 받쳐주는 서정적인 반주까지…….

—듣고 또 들어도 안 질린다.

—갓재훈! 찬양해!

'소년'은 불과 몇 시간 만에 1위로 치고 올라가더니, 아예 터줏대감처럼 1위에 자리를 잡았다.

그렇게 일주일이 지났다.

월드엔터테인먼트의 사무실

이현지는 강윤의 사인이 되어 있는 김재훈의 스케줄을 보며 실눈을 떴다.

"당분간 방송 출연이 없네요……."

이렇게 인기를 모으는 시점에 방송활동 한 번이면 더 크게 시선을 사로잡을 수 있었다.

그녀는 기폭제로 방송을 활용하길 원했다.

"지금 시점에 방송에 나가 크게 시선을 모으는 것도 괜찮지 않을까요?"

그녀는 소파에 앉아 커피를 마시던 강윤 쪽으로 시선을 돌렸다.

강윤은 커피 잔을 내려놓으며 말했다.

"조금만 더 기다리지요. 지금 '소년'은 튠에서 영상으로만 라이브 무대를 접할 수 있죠. 그게 사람들에게 더 관심과 집중을 유발하고 있습니다. 제대로 된 장비가 갖춰진 방송 무대에서, 그 곡을 듣고 싶어 하는 사람들이 늘어나고 있으니까요."

"너무 길게 끌면 지쳐 버릴 수도 있으니까 타이밍을 잘 잡아야겠군요."

강윤은 고개를 끄덕였다.

"맞습니다. 하지만 우리가 진짜 노려야 하는 건 따로 있죠."

"노리는 거요?"

"콘서트."

"아……."

그제야 뭔가 떠올랐는지, 이현지는 탄성을 냈다.

"상승효과를 가져가려면 서둘러야겠네요."

"그래야죠. 팀은 어느 정도 꾸려놨는데, 장소나 행정절차 등은 아직 진행 중입니다. 바로 보내드리겠습니다."

"알겠어요."

콘서트라는 말에 이현지는 기대어린 표정으로 자리로 돌아갔다.

가수나 회사나 최고의 수익을 거둘 수 있으며, 자신만의 무대를 마음껏 펼칠 수 있는 무대.

그것이 콘서트였다.

이후, 강윤은 스튜디오로 향했다.

스튜디오로 갔더니 에디오스를 비롯해 김지민까지 그를 기다리고 있었다.

“2분 늦었어요.”

“…….”

정민아의 핀잔에 강윤은 당황했다.

“아니, 그…… 미안.”

워낙 시간을 철저히 강조했던 강윤인지라 할 말이 없었다.

“지각한 벌로 오늘 쏘시지요?!”

“……에휴. 그래.”

“아싸!”

그 말 한마디에 가수들은 만세를 불렀다.

몇 분 후, 스케줄을 마친 김재훈과 카메라를 담당하는 외주업체 직원까지 들어서니 스튜디오는 북적였다.

“……우와.”

학교 때문에 가장 늦게 도착한 인문희는 월드엔터테인먼트의 가수들을 보며 눈을 껌뻑였다.

“다들 모였나?”

“네!”

강윤의 말에 모두가 힘찬 목소리로 답했다.

“좋네. 그럼 가자.”

모두가 향한 곳은 하얀달빛의 연습실이었다.

문을 여니 악기 세팅에 여러 대의 마이크가 준비되어 있었다.

"어? 저거 내거!"

"내가 먼저야!"

너 나 할 것 없이, 서로가 먼저 마이크를 잡으려 달렸고 카메라에도 빨간 불이 들어왔다.

특히 동갑내기 에디오스 멤버들은 마이크를 먼저 잡겠다며 난리를 쳤다.

결국 강윤이 나서야 했다.

"에디오스 3대. 재훈이, 지민이 하나. 현아 하나."

"……히잉."

"어차피 바꿔 부를 거라고 했잖아. 욕심은 적당히. 알았지?"

결국 에디오스 멤버들은 풀죽은 모습으로 김지민과 김재훈에게 마이크를 내밀어야 했다.

대충 정리가 되니 강윤은 본론을 이야기했다.

"오늘 찍을 건 간단해. 그냥 느낌 가는 대로 노래하면서 놀면 돼. 마이크도 바꿔가면서. 튜에 올릴 거니까 지나친 오버는 금물. 알았지?"

"네."

"그럼 시작해 볼까?"

강윤의 말이 끝난 후, 김진대의 힘찬 드럼소리와 함께 잼이 시작되었다.

2화

그들은 잼에서도 최고였다

하이엣을 때리는 드럼은 처음부터 강렬하게 나왔다.

그에 맞춰 베이스를 비롯한 악기들도 일제히 터져 나왔다.

'우리 곡이야, 우리 꺼!'

느낌은 달랐지만 익숙한 멜로디에 한주연을 비롯한 마이크를 잡은 에디오스 멤버들의 얼굴에 화색이 돌았다.

마치 록 같은 강렬함이 묻어 나오는 듯한 에디오스의 이번 타이틀곡, 'Ready'이었다.

'나, 나.'

한주연이 손가락으로 자신을 가리키며 포문을 열겠다 신호했고 모두가 고개를 끄덕였다.

……불쌍한 서한유는 서열에서 밀려 아직 마이크도 잡지 못하고 있었지만…….

디스토션의 강렬함과 베이스가 가슴을 울려대는 가운데,

한주연이 부드럽게 외쳤다.

"누군가는 -위로를 원해 더 많이~"

이어 크리스티 안이 마이크를 들었고, 거기에 김지민을 비롯한 다른 사람들도 신나게 노래를 부르기 시작했다.

다른 에디오스 멤버들은 어깨를 들썩이며 가볍게 안무를 추며 흥을 돋웠고, 보컬들도 팔 동작들을 따라하며 흥을 끌어올렸다.

'좋은데?'

강윤은 믹서를 조절하며 신나게 놀고 있는 가수들을 흐뭇한 시선으로 바라보았다.

그때, 이현지가 뒤에서 강윤의 등을 쿡 찔렀다.

"저도 라인 하나 빼주실 수 있나요?"

"네? 어떤 라인 말입니까?"

강윤이 묻자 이현지는 한쪽에 빈자리만 지키고 있던 신디사이저를 가리켰다.

"저거요."

"하하하. 이럴 때 애들하고 어울리는 것도 좋지요. 알겠습니다."

강윤의 허락이 떨어지자, 이현지는 신디사이저로 향했다.

이미 스탠드와 악보도 놓여 있었기에 소리만 맞추면 되었다.

이현지는 신디사이저를 중간 볼륨에 놓았고 바로 소리를 맞춰 연주를 시작했다. 그와 동시에 강윤의 손놀림도 빨라졌다.

'빛이 조금 약해졌군.'

강윤은 서둘러 신디사이저의 볼륨과 EQ를 맞춰 나갔다. 신디사이저의 볼륨이 맞지 않아 다른 소리에 영향을 준 탓인 듯했다.

얼마 지나지 않아 조금 약해졌던 빛은 오히려 강해졌다.

신디사이저의 소리가 기존 소리와 잘 섞인 것이다.

'우와.'

일정한 박자를 맞춰나가던 김진대는 이현지를 보며 눈을 휘둥그레 떴다. 이사와 함께 잼을 하게 될 줄은 생각도 못했기에. 이른바 편견의 파괴랄까?

하지만 그건 잠시였다.

풍성해진 음악이 사람들을 묶는 건 금방이었다.

"지쳐있는 날에 그댈 감싸 안고 저-"

노래가 절정으로 향하면서 브라스가 잦아들고 일렉트릭 기타의 솔로 프레이즈가 화려하게 펼쳐졌다.

"오오오!"

정찬규가 라이트 핸드와 태핑 주법까지 선보이며 고음들이 화려하게 질주하는 모습을 선보이자 에디오스 멤버들이나 김지민까지 환호하며 손을 흔들었다.

'처음부터 너무 과한데?'

흐름을 중요하게 생각하는 강윤에게 이런 화려한 시작은 과하다는 생각이 들었다.

'에이, 뭐 노는 건데 어때.'

직업병이었다. 어차피 컨셉은 노는 것.

자기들이 좋다는데 이런 것까지 지적할 이유가 없었다.

정찬규의 라이트 핸드 주법이 천천히 사그라지며, 드럼과 베이스가 화려하게 마지막을 장식했다.

첫 번째 잼이 그렇게 끝이 났다.

"오오오- 에디오스! 아우으!"

흥이 잔뜩 오른 에일리 정의 마지막 외침에 모두가 폭소한 건 덤이었다.

첫 곡이 워낙 강렬해서인지, 보컬들이나 악기들이나 가볍게 숨을 내쉬었다.

그러자 이현지가 잔잔히 피아노를 연주했다.

"어?"

익숙한 멜로디에 김지민이 가장 먼저 반응했다.

무대에서 어쿠스틱 기타로 항상 연주했던, 자신의 데뷔곡 'Speak Happy day'이었다.

"피아노로 들으니 새롭다."

여유가 느껴지는 편안한 멜로디.

이현아는 눈까지 감고 피아노의 선율에 빠져들었다.

"언니, 우리 같이 해요."

"내가?"

김지민의 말에 이현아는 신나서 고개를 끄덕였다.

다른 에디오스 멤버들도 손을 들어 곡을 들려달라며 둘을 재촉했다.

"아직 수줍은 내 맘- 감추고 싶어도-"

이현아가 처음을 장식하며 새로운 노래의 시작을 알렸다.

잔잔한 이현지의 피아노 선율에 맞춰, 이현지도 허스키한 보이스로 조금씩 힘을 더해 갔다.

"Happy Day– 우리–"

김지민은 이현아와는 전혀 다른 느낌의 목소리로 노래를 만들어갔다.

강윤은 두 사람의 전혀 다른 음표가 만들어내는 하얀빛에 감탄했다.

'같은 곡이지만 느낌이 확연히 다르네. 지민이나 현아나 목소리에 힘이 있는데, 목소리가 주는 뉘앙스가 다르다. 현아는 좀 더 거친 느낌인 듯하고, 지민이는 부드러워. 확연히 다르네.'

그런데도 두 사람이 목소리를 맞추니 듣기 좋은 건 함정.

"우리 둘 만의 꿈을 꾸며– Happy Day~"

후렴에 접어드니 다른 악기들이 효과를 더하며 에디오스 멤버들도 코러스를 냈다. 갖가지 화려한 효과들이 더해지며, 노래가 무척 풍성해졌다.

10개가 넘는 음표들이 하나로 합쳐지는 과정이 강윤의 앞에 생생하게 펼쳐졌다.

그리고…….

'은빛?'

에디오스의 코러스까지 더해지자 하얀빛 안에 더더욱 빛나는 이물감이 조금씩 모습을 보이기 시작했다.

특히 에일리 정에게서 나온 음표가 더해질 때, 빛 안의 이질감이 가장 강해지고 있었다.

'조금 부스팅 해볼까?'

강윤은 에일리 정이 들고 있는 마이크의 볼륨을 조금 올렸다. 그리고 EQ를 조절했다.

그러자 하얀빛을 안에 있는 이물감이 삼켜가며 하얀빛 안의 이물감이 조금씩 뒤섞이기 시작했다.

그러나 문제가 있었다. 크리스티 안의 음표가 합쳐지면 이물감이 만들어내는 효과가 조금 저하되는 것이었다.

'목에 힘을 너무 줬네.'

크리스티 안의 목소리는 매우 곱다. 하지만 성량이 부족한 편. 한쪽 귀도 막고 있는 모습이 자신의 목소리가 잘 들리지 않아 소리를 지르고 있는 듯했다.

강윤은 모니터 스피커에서 크리스티 안의 목소리를 올려주고, 전체 스피커에서 크리스티 안의 목소리를 다운시켰다.

'지민이 곡에 부족했던 게 코러스였나?'

강윤은 우연이 만들어준 발견에 저도 모르게 손뼉을 쳤다.

'Speak Happy Day'는 데뷔 무대에서 아쉽게 은빛을 내기 직전에 마무리 된 곡이었다. 그런데 그 실마리를 여기서 찾게 될 줄이야.

곡이 계속 흘러가며 피아노 선율이 스트링으로 변했다. 그와 함께 드럼과 베이스도 유려해지며 일렉트릭 기타의 톤도 부드러워졌다.

어느새 곡의 마지막으로 향해 가고 있었다.

"설레임-가득한 우린 이미 사랑하는 사이인 걸까~"

"아아아-"

결국 마지막에 하얀빛은 은빛으로 변화하며 아름답게 빛났다. 그와 함께 강윤의 마음을 상쾌하게 만들어주었다.

"선생님? 기분 좋은 일 있으세요?"

노래가 끝난 김지민이 의문어린 표정으로 묻자 강윤은 어깨를 으쓱이며 답했다.

"기분 좋은 일이 있지."

"뭔데요?"

"나중에 말해줄게. 그건 그렇고……."

강윤은 기지개를 켜고 김지민 옆으로 향했다. 그리고는 그녀 옆에 놓여 있는 어쿠스틱 기타를 집어 들었다.

"사장님?"

마이크 옆에서 코러스를 하며 흥을 돋우던 정민아가 의문어린 표정으로 묻자 강윤은 웃으며 답했다.

"다들 재미있게 노는데 나만 빠지면 쓰나. 같이 놀자고."

"하하하!"

모두에게서 웃음보가 터지며 분위기는 더더욱 고조되어 갔다.

'부럽다. 나도…….'

한편, 이 과정을 멀뚱히 지켜보고 있던 인문희는 가수들을 부러운 시선으로 바라보고 있었다.

♪♬♩♪♫♬♩♪

"휴, 다행이다."

MG엔터테인먼트 본사에 온 주아는 이한서 이사의 집무실에서 커피를 마시고 있었다.

"어떤 게?"

"이사님 당분간 계신다면서요. 다행히 나 숨 쉴 곳은 있겠어요."

이한서 이사는 언제나 솔직한 주아의 모습에 피식 웃었다.

이 해맑은 아가씨는 언제나 항상 같은 모습이었다. 과거나 현재나.

하지만…….

'이 회사는 어떻게 돌아가는 건지.'

시간이 가면 갈수록 이놈의 회사는 이상하게 돌아가는 것 같았다.

기어코 건설회사와 계약을 채결하고 자금 마련에 들어갔다.

대출도 엄청 한단다. 망조가 들어도 단단히 들었다.

"여유와 즐기는 차 한 잔은……."

"전 커피가 좋아요."

"……."

주아의 커피사랑은 여전했다.

이한서 이사는 헛기침을 하고는 다시 말했다.

"요새 스케줄 많이 늘었지?"

"그러게요. 휴식 기간도 짧아지고…… 뭐, 이제 삽질 시작하니까 더 바빠지겠죠."

"풋. 삽질이라니."

이한서 이사가 피식하며 웃자 주아는 대수롭지 않게 답했다.

"맛잖아요, 삽질. 대체 사옥은 왜 짓는다는 거야. 관광객 유치 목적으로 스튜디오같이 화려하게 사옥 짓는다는데 지금 우리 자금으로 될라나? 아, 생각도 하기 싫어요. 일이나 해야지."

"……차라리 그게 나을지도 몰라."

이한서 이사도 답답한 회사 상황에 짧게 한숨을 쉬었다.

'급작스럽게 자금 사정이 어려워지고, 주식까지 매각해야 할 상황이라도 오면…… 에이. 설마.'

아무리 답답한 그들이라도 그렇게까지 멍청하진 않을 것이다.

"에이, 이런 이야기 그만해요. 아, 저번에 민서 만났는데……."

주아는 머리가 아프다며 화제를 전환했고 그들은 화기애애하게 대화를 이어갔다.

♪♫♩♪

"너는 또 한 번 내게로-"

김재훈의 목소리와 서한유의 목소리가 화음을 이루며, 여러 악기들이 주변을 장식했다.

“좋았던 기억만-아름다운 순간만-”

서한유는 감정에 진하게 빠져들어 눈을 감으며 목소리를 떨었다.

그녀 앞에서, 정민아가 요새 틈틈이 배우는 현대 무용을 추며 분위기를 고조시켰다.

코러스로 간 김지민과 이현아는 부드러운 화음으로 노래를 아름답게 꾸며주었다.

절정으로 흐른 곡이 천천히 지자 모두에게서 환호가 쏟아졌다.

“와우! 오늘 분위기 터진다!”

이마에서 난 땀을 훔치며, 정민아는 활짝 웃었다. 모두가 모여 아무 생각 없이 춤에 빠져드니 아주 좋았다.

다른 사람들도 음악이 주는 합의 효과를 체감했는지 이미 눈빛에 즐거움이 흐르고 있었다.

“아, 오늘 분위기 최고야, 최고.”

“매일 이랬으면 좋겠다.”

김진대와 정찬규를 비롯해 모두가 같은 생각이었다.

달아오른 분위기가 어디로 향할지 모를 때, 강윤이 멀뚱멀뚱 앉아 있던 인문희에게로 향했다.

“문희야.”

“…….”

“인문희.”

"……네?!"

부러운 시선으로 잼을 하던 가수들을 바라보던 인문희는 강윤의 부름에 정신이 들어 자리에서 벌떡 일어났다.

"왜 그렇게 놀라?"

"아, 그게……."

"이쪽으로 와."

"네? 제가요?"

강윤의 부름에 인문희가 멀뚱대며 망설이자 김재훈이 거들었다.

"이쪽으로 와요."

"아, 제가……."

"언니. 이쪽으로 오세요."

김지민까지 나서서 재촉하니, 인문희는 어쩔 수 없이 종종대는 걸음으로 앞으로 나섰다.

김재훈이 인문희에게 마이크를 건네자 강윤이 말했다.

"마지막은 트로트 한 곡 어때?"

"'여행' 어때요?"

김재훈의 권유에 인문희가 조심스럽게 고개를 끄덕였다.

여행이라는 곡은 국민 트로트로까지 일컬어질 정도로 모르는 사람이 없는 트로트 곡이었다.

에디오스 멤버들의 반응은 반반이었다.

'저 언니 잘하나?'

'글쎄…….'

한주연과 크리스티 안은 보수적이었지만, 정민아나 서한유는 조금 달랐다.

"언니, 파이팅."

"파이팅."

인문희는 자기보다 어린 선배들의 응원과 약간의 경계어린 눈빛도 함께 받으며 마이크를 들었다.

강윤이 말했다.

"키는 C로 가자."

"알았어요."

강윤의 말에 가장 반가워한 건 이현지였다.

연주자에게 C키는 노멀해서 진행이 수월한 편이다.

곧 드럼에게서 박자를 맞추며, 연주가 시작되었다.

색소폰을 연상시키는 신디사이저의 소리와 함께, 베이스가 든든히 뒤를 받혀주며 인문희에게서 구성진 목소리가 터져 나왔다.

"사랑하는 내 님과 떠나는 여행-"

"오오오! 인문희! 인문희!"

정민아와 서한유가 연습생 후배를 띄워주기 시작했다.

인문희는 볼이 발그레지며 목소리에 힘을 더했다.

"좋아 나는 우리 님과 함께한다면~ 오늘은 떠야지-"

"오오오오!"

김재훈과 김지민도 흥을 돋우었다.

삽시간에 연습실은 뽕삘(?)이 가득한 카바레 분위기로 바뀌었다.

'진짜, 문희는…….'

어쿠스틱 기타로 맛을 내는 와중에 강윤은 놀란 표정을 지었다.

인문희의 목소리에는 뭔가 마력이 있는 듯했다. 강윤은 저도 모르게 그녀의 목소리에 빠져들어 손에 힘이 들어가는 것을 느꼈으니 말이다.

"요우요우요우-"

처음에 경계하는 듯했던 한주연이나 크리스티 안도 마이크를 잡고 코러스를 넣고 있었고, 서한유와 정민아는 이미 꺾임 충만한 춤을 추며 분위기를 즐기고 있었다.

'……선배님. 월드 분위기 엄청 좋네요.'

'그러게. 너도 그렇게 느꼈냐?'

영상을 촬영하는 직원들은 자기도 모르게 들썩이는 어깨를 참느라 한참 동안 애를 먹어야 했다.

인문희의 노래까지 끝나니 오늘 촬영해야 할 모든 곡들이 마무리되었다.

"수고했어."

강윤의 말이 이어졌지만 모두의 얼굴에서는 아쉬운 모습이 가득했다.

모두의 생각을 알았는지 이현지가 말했다.

"사장님. 촬영할 건 다 했는데, 그냥 우리 편하게 놀아볼까요?"

"편하게요?"

그러자 모든 가수들이 이현지 쪽으로 향했다.

"뭐…… 바쁘면 할 수 없는데. 모처럼 세팅도 하고 모두 모였는데 너무 짧게 끝난 것 같아 아쉽네요."

"흠."

강윤도 가수들을 돌아보았다. 그런데 모두의 표정이 잔뜩 상기되어 있었다.

'좀 더, 좀 더!'

가수들의 욕심어린 표정을 강윤이 모를 리 없었다.

그는 결국 어깨를 으쓱이며 말했다.

"그럼 조금만 더 놀아볼까요?"

"오오오오오!"

강윤이 다시 어쿠스틱 기타를 들자 모두에게서 환호성이 쏟아졌다.

그렇게 월드엔터테인먼트 직원들의 잼은 한참 동안 이어졌다.

파인스톡 에디오스 팬 페이지에 몇 개의 동영상이 업데이트 되었다.

'우리는 이렇게 놀아요'라는 동영상이었다.

"이건 뭐야?"

에디오스의 오랜 팬이라는 한성진은 조회수 0에서 1을 만들며 동영상을 클릭했다.

그런데…….

"으허허헉!"

이게 뭔지!

연습실로 보이는 공간에서 에디오스를 비롯한 모두가 신명나게 노는 영상이었다.

정민아가 춤추고, 서한유가 코러스에 다른 월드 소속 가수들이 악기도 치며 자유롭게 노는 모습이 찍혀 있었다.

그런데…….

"이게 노는 거라고? 콘서트 아니야?!"

단순히 노는 것이라고 하지만 웬만한 라이브 콘서트 영상들 빰을 후려치는 수준.

한성진은 자기도 모르게 영상에 빠져 보고 또 보며 3시간을 훌쩍 보내버렸다.

"아아, 여신님들…… 역시 실망시키지 않아!"

에디오스 팬 카페에 추천 글을 남기며, 그는 연신 감탄사를 날렸다.

3화

노래의 계기

가수 지망생 이신혜는 실용음악학원에서 레슨을 받은 후, 늦은 저녁이 되서야 귀가를 했다.

간단하게 입에 빵을 문 그녀는 일상처럼 튜브에 접속해 공부를 위해 특이한 공연이나 괜찮은 가수의 영상들을 찾아 나섰다.

그런데 노래 카테고리에 이상한 제목의 영상 하나가 눈에 들어왔다.

'이건 뭐지? 우리는 이렇게 놀아요?'

조회수도 이상하게 높았다.

호기심에 그녀는 별생각 없이 동영상을 클릭했다.

영상의 시작은 하이엣을 치는 드럼과 함께 시작되었다. 그러더니 곧 힘찬 사운드가 터져 나오며 여러 사람이 모습을 드러냈다.

'에?!'

그런데 영상에 나오는 이들이 익숙한 사람들이었다.

에디오스를 비롯해 은하, 김재훈, 하얀달빛까지. 이름이 꽤 알려진 가수들이었다.

그들의 연습 영상이 대번에 그녀의 귀를 사로잡아 버렸다.

-누군가는 위로를 원해- 더 많이~

크리스티 안이 메인부분을 부르니, 김지민과 이현아가 작게 화음을 냈다. 거기에 일렉트릭 기타의 까랑까랑한 소리가 맛을 더해 주며 듣기 좋은 사운드를 만들어내고 마이크를 잡고 있지 않은 사람들은 안무까지…….

경영진으로 보이는 남녀가 어깨를 들썩이며 음악을 즐기는 모습도 눈에 들어왔다.

'우와…….'

이신혜는 연신 탄성을 냈다.

영상은 꽤 길었지만 지루할 틈이 없었다.

곡이 바뀌면서 이사라 불리는 여자가 신디사이저로 이동하고, 작곡가 겸 사장인 이강윤이 기타를 맸다.

가수들은 마이크를 들고 뛰고, 춤추며 연주자들도 몸을 흔들었다.

거기에 마지막 트로트 곡을 부를 때, 연습생까지 나와 함께 어우러지니…….

연습실의 모든 이들이 노래로 하나가 되고 있는 영상이라 해도 과언이 아니었다.

–이거 컨셉 잡고 찍은 거 아님?

–윗분, 컨셉으로 저렇게 찍는 게 더 힘들 듯. 속고만 사셨나.

–김지민과 김재훈이 노래하고 정민아가 춤추네. 저긴 음악사파리임?

–보기 좋아요. 앞으로도 계속 볼 수 있길~

댓글들도 반응이 폭발적이었다.

평소 거의 댓글을 달지 않는 이신혜였지만, 오늘은 거기에 한마디를 더했다.

–월드에 들어가고 싶어요.

♪♩♬♩♪♫♬♩♪

김재훈의 노래 '소년'은 발매 후 일주일 동안 1위를 지켰고, 이후에도 차트에서 꾸준히 순위를 유지했다.

음악방송이나 기타 예능 프로그램에도 한번 출연하지 않고 노래만으로 만들어낸 성과라 더욱 의미가 있었다.

"헤븐차트 3위, MD뮤직 차트 5위, 넷츠닷컴 4위. 재훈 씨 앨범이 나온 지 2주가 넘었는데도 이 정도 순위면 상당히 괜찮은 성과네요. 가을의 남자라 해도 되겠어요."

이현지는 강윤에게 성과 보고를 하며 흐뭇한 미소를 지었다.

강윤도 좋은 결과가 나왔다며 기분 좋은 미소를 지으며 화답했다.

"가을의 남자. 호칭이 참 좋군요. 오글오글하면서."

"풋. 그거 태클인가요?"

"하하하. 아마도?"

강윤은 장난스럽게 어깨를 으쓱이곤 보고서 페이지를 넘겼다.

"이제 콘서트군요. 이사님. 업체 섭외는 잘돼가고 있습니까?"

이현지는 당연하다는 듯 고개를 끄덕였다.

"네. 잘 진행되고 있습니다. 일단 상품이 좋잖아요. 몇 년 만에 열리는 김재훈의 단독 콘서트인데 모두가 눈에 불을 켤 만하죠. 그런데 투자자는 필요하지 않은 건가요?"

"전국투어 콘서트는 아니니 그렇게까지 자금이 필요하지 않을 겁니다. 이번에는 단독으로 진행하고, 이후에 반응이 좋으면 전국단위로 진행할 계획입니다. 그때가 되면 알아서 좋은 조건으로 투자금을 들고 올 거라 확신합니다."

이현지도 강윤의 말을 이해하고는 고개를 끄덕였다.

"그러자면 이번에 성과가 확실해야 하겠네요. 알겠어요. 그런데 재훈 씨 정도면 지금 당장 전국투어 콘서트를 해도 괜찮지 않을까요?"

김재훈의 실력, 팬층, 관객 동원력 등.

이현지가 판단하기에 충분히 전국투어 콘서트를 해도 관객을 동원할 여력이 된다고 생각했다.

그러나 강윤은 다른 생각을 하고 있었다.

"우리가 원하는 것보다, 사람들이 원해서 하는 콘서트가 더 보기 좋지 않겠습니까?"

"사람들이 원해서? 아."

이현지는 강윤의 의도를 파악했는지 작게 탄성을 냈다.

"가지고 있는 패를 처음부터 다 보여줘 봐야 무슨 매력이 있겠습니까. 하나하나, 조금씩 까 보이면서 흥미를 유발하는 거지요. 분명 사람들이 재훈이의 라이브 무대를 더 보길 원할 겁니다. 이번 '소년'의 라이브 무대도 거의 보여주지 않고 있잖습니까. 여러 가지가 복합적으로 작용해서 콘서트에서 터지는 거지요."

"아아. 이해했어요."

두 사람은 이후 김재훈의 콘서트에 대한 이야기를 더 나누었다.

협력업체를 비롯해 콘서트 장소 등 논의해야 할 것들이 많았다.

지금은 10월.

부족한 시간에 비해 할 일이 많아 일을 빠르게 진행해야 했다.

그렇게 두 사람은 한참 동안 이야기를 나눈 후 자리에서 일어났다.

"정민 씨. 오늘 남아 있는 차가 있습니까?"

강윤의 시선이 신입사원 유정민에게 돌아갔다. 그러자 그는 자리에서 벌떡 일어나 긴장어린 목소리로 답했다.

"……네, 네! 하, 한 대 남아 있습니다."

신입사원이 기합 바짝 든 목소리에 옆자리에 앉은 정혜진과 이현지가 쿡쿡 소리를 내며 웃어댔다. 그러자 유정민은 부끄러움에 얼굴이 붉어졌다.

강윤은 어깨를 으쓱이고는 유정민에게서 차키를 받아들었다.

“수고해요. 그리고 그렇게까지 긴장하지 않아도 괜찮습니다.”

“아, 아닙니다. 사장님. 그래도 사장님이신데…….”

“하하하. 정민 씨. 그럼 나중에 봐요.”

강윤은 유정민의 팔을 가볍게 두드려 주고 사무실을 나섰다. 긴장하는 신입사원이 조금이라도 빨리 적응했으면 하는 마음을 담아서 말이다.

그의 발걸음이 향한 곳은 연습실이었다.

“현아야.”

“사장님.”

강윤이 들어서니 이현아가 그를 맞아주었다.

그가 다른 멤버들이 어디 갔는지 물으니 이현아는 모두가 개인 레슨을 비롯한 스케줄이 있어서 자리를 비웠다고 답했다.

강윤은 평상시와는 다른 이현아의 옷을 보며 감탄했다.

“이야, 오늘은 정장이네?”

평소 개성 있는 옷을 즐겨 입는 이현아였지만, 오늘은 드물게 검은색 세미정장을 입고 있었다. 강윤의 말에 그녀는 부끄러웠는지 다른 곳으로 시선을 돌렸다.

"……저, 안 어울리나요?"

"아니. 괜찮아. 난 네가 매일 짧고 이상한 옷만 입는 줄 알았거든."

"이, 이상한 옷이요?!"

이현아의 눈이 휘둥그레졌다.

나름 홍대 패셔니스타라고까지 불리는 자신이건만 강윤에게 '이상한 옷 입는 여자' 취급을 당하다니…… 괜히 온몸이 바들바들했다.

그 마음을 아는지 모르는지 강윤은 씨익 웃었다.

"깔끔하니 보기 좋다. 선배답고."

"……조금 기분이 이상하네요."

왠지 나이가 들어 보인다는 말로 들려와 이현아는 묘한 기분을 느꼈다.

오늘은 이현아가 한려예술대학에서 진행하는 '선배와의 대화'에 초대를 받은 날이다.

원래 매니저와 함께 가야 했으나…….

"……네 덕에 대학 행사도 다 가보는구나."

"헤헤. 죄송해요. 사실 너무 떨려서……."

운전대를 잡은 강윤의 말에 이현아는 미안한 기색을 드러내며 혀를 빼꼼히 내밀었다.

"생각해 보니까 현아는 떨릴 때마다 날 찾는 것 같은데……."

"네. 맞아요. 아셨네요?"

"……그런 건 부정 좀 해라."

신호가 바뀌어 파란불이 되자, 강윤은 사이드 브레이크를 풀며 투덜거렸다.

한려예술대학까지 그리 오랜 시간이 걸리지는 않았다.

주차를 한 후, 강윤과 이현아는 바로 최찬양 교수의 연구실로 향했다.

"강윤 씨. 현아야. 두 사람 어서 와요. 기다리고 있었어요."

최찬양 교수는 특유의 부드러운 미소를 지으며 두 사람을 맞아주었다.

이번 '선배와의 대화'에 이현아가 초대받은 것이 지도교수였던 그에게는 큰 보람이었다.

"조금 있다 총장실에 들러야 하지요?"

"네. 시간이…… 조금 애매하네요."

약속시간보다 일찍 도착한 강윤이 난색을 표하자 최찬양 교수가 웃으며 말했다.

"조금만 쉬었다가 함께 가지요. 강윤 씨를 만나면 총장님도 좋아하실 거예요."

"알겠습니다."

세 사람은 다과를 즐기며 수다에 빠져들었다.

박소영과 김지민이 한국으로 돌아간 이후.

희윤도 다시 일상으로 돌아갔다.

'반응이 괜찮네? 다행이다.'

가장 큰 음원사이트 헤븐차트에서 3위에 랭크된 김재훈의 이번 앨범 '소년'을 보고 희윤은 짧게 한숨을 내쉬었다.

처음에 김재훈에게 곡을 보냈을 때 거절당한 후, 어떻게 해야 하나 많은 걱정을 했으니 일이 어찌어찌 잘 해결되었다. 설마 박소영과 김지민까지 함께 곡을 만들게 될 것이라고는 생각지도 못했다.

나중에 들으니 오빠도 편곡에 애를 먹었고 가사를 만든 김재훈도 진땀을 빼서 나름 애증의 곡이 되었는데 결과가 좋으니 다행이었다.

'고생한 보람이 있네.'

헤드셋으로 흘러나오는 김재훈의 목소리를 들으며, 희윤은 흐뭇한 미소를 지었다.

희윤은 헤븐차트에서 로그아웃을 하고, 인터넷을 종료하려고 했다. 그런데 포털사이트 세이스에 이상한 기사 하나가 눈에 들어왔다.

–월드 패밀리? 연습 영상을 공개한 속내는?

'뭐야, 이건?'

월드 패밀리라는 생소한 단어에 희윤은 바로 기사를 클릭했다.

기사는 별 내용이 없었다. 튜에 월드엔터테인먼트 소속의 모든 가수들이 모여 촬영한 연습 영상이 올라왔고, 그 영상이 인터넷에서 화제가 되고 있다는 내용이었다.

기사는 단지 그 내용을 자극적으로 써내려 간 것뿐이었다.

희윤은 바로 튠에 접속해 영상을 찾았다.

'이거다.'

클릭해서 들어가니 하이엣 소리와 함께 바로 영상이 시작되었다.

'오호.'

영상에서 들려오는 음악이 그녀의 호기심을 진하게 자극했다.

'에? 이거 연습이 아니잖아?'

희윤은 고개를 갸웃했다.

이 영상은 그냥 노는 모습을 찍은 듯했다. 모두가 자유롭게 목소리를 높이고, 연주하며 춤을 추는 모습에 그녀는 부러움을 느꼈다.

자유.

이 영상에서 느껴지는 것을 한 마디로 표현하자면 그랬다.

'저 사람이 새 연습생인가 보네.'

척 봐도 자신보다 언니로 보이는 새로운 얼굴.

그녀는 맛깔 나는 트로트로 마지막을 장식해 갔고 모두가 한마음으로 어깨춤을 추며 영상을 마무리지어갔다.

영상이 끝나자 희윤은 잠시 생각했다.

'……다 같이 노래하면 뭔가 좋은 게 나올 수 있지 않을까? 한번 생각해 볼까?'

영상이 희윤의 마음을 자극했는지 머릿속에 새로운 것들이 떠오르기 시작했다.

강윤과 이현아는 최찬양 교수와 함께 한려예술대학 총장을 만났다.

총장은 강윤이 엔터테인먼트 업계에서 새롭게 떠오르는 별이라 판단하고 인맥을 쌓기 위해 그와 친해지려 노력했고, 강윤도 적절히 대응하며 사회적인 관계를 형성해 갔다.

만남 이후.

얼마 지나지 않아 '선배와의 대화' 시간이 다가왔다.

강윤과 이현아는 비서의 안내를 받아 학생들이 모여 있는 대강당으로 향했다.

이미 대강당에는 많은 학생들이 모여 있었다.

'오, 오빠…….'

강당 뒤편의 길로 들어와 앞에 마련된 의자에 앉은 이현아는 수많은 사람들을 보며 가슴을 떨었다. 그녀는 떨린 마음을 진정시키고 싶었는지 옆에 앉은 강윤의 팔을 꼭 붙잡았다.

강윤은 그녀의 등을 다독이며 마음을 진정시키려 노력했다.

곧 훈화 등의 예식이 끝나고, 이현아가 단에 오를 순서가 되었다.

"이번에 소개해드릴 선배님은 대학가요제에서……."

이미 강단에서 이현아가 어떻게 가수가 되었는지에 대해 화려하게 소개를 해나갔다.

자신에 대한 소개를 들으며 이현아는 옆에 앉은 강윤의 손을 꽉 붙잡았다.

그 모습을 보고 최찬양 교수가 말했다.

"현아가 많이 떨리나 보네요."

"그런 것 같습니다. 현아야. 노래한다고 생각하면 돼."

강윤이 재차 타일렀지만, 이현아는 쉽게 진정되지 않았다.

'하긴, 첫무대에서도 떨어서 굳어버렸던 녀석이었으니…….'

대학가요제에서도 멈칫하는 바람에 강윤이 정신 차리도록 자극을 주기도 했었다.

강윤은 이현아의 귓가에 입을 가져갔다.

"현아야."

"에에엣?!"

귓가에 느껴지는 숨결에 이현아는 화들짝 놀라 가볍게 몸서리를 쳤다. 정신을 차리게 해주기 위한 장난이었다.

정신을 차린 그녀가 고개를 세차게 흔들자 강윤이 말했다.

"정신 차리고. 이제 무대에 올라가야지."

"아, 네……."

"그냥 랩 한다고 생각하고 다녀와. 너무 떨지 말고."

"그게, 마음대로 안 돼요."

가슴이 두근거려서 진정이 안 되는지, 이현아는 가볍게 손까지 떨었다.

강윤은 자신의 손으로 그녀의 등을 다독였다.

"어차피 잘할 거면서."

"어어?"

그러더니 강윤은 그녀의 등을 가볍게 떠밀었다. 그러자 이현아가 강단으로 밀려나왔다.

마침 사회자가 이현아를 소개하는 굿 타이밍이었다.

"오오오오오오!"

"이현아! 이현아!"

후배들의 박수가 터져 나오는 가운데, 이현아는 어색한 미소를 지으며 강단에 섰다.

"안녕하세요? 작곡과 06학번 이현아입니다."

이현아의 낭랑한 목소리가 강당에 울려 퍼지자, 삽시간에 주변은 쥐죽은 듯 조용해졌다.

노래가 아닌, 다른 것으로 무대에 섰다는 긴장감이 그녀의 마음을 강하게 압박해 왔다.

과연 '어떤 말을 들려줄까'라 기대하는 후배들의 모습부터 총장, 교수 등의 '들어줄 테니 한번 말해봐라'라는 태도까지…….

'후우.'

이현아는 짧게 한숨을 쉬며 긴장을 떨쳐내고 마이크를 고쳐 잡았다.

"먼저 저보다 다른 멋진 선배님들도 많이 계시는데 이 영광스러운 자리에 저를 초대해 주셔서 감사합니다. 오늘 부족하지만 후배님들과 함께 좋은 시간을 보냈으면 합니다. 잘 부탁드립니다."

"우오오-"

예의 있게 하는 선배의 인사에 사람들이 기대어린 박수로 화답했다.

강윤은 이현아가 스스로 긴장을 떨쳐내자 흐뭇한 미소를 지었다.

'겁난다면서 끌고 와놓고선. 특별히 걱정할 것도 없겠네.'

강윤은 피식 웃었다.

그런데 생각해 보니 웃겼다. 이현아도 지금까지 무대에서 수년간 잔뼈가 굵어온 가수인데…….

부탁을 받았다지만, 학교까지 쫓아온 자신이 바보가 된 것 같았다.

사람들의 무수한 시선을 받아넘기며 이현아는 자신이 어떻게 가수가 되었는지를 말하기 시작했다.

"……사실 저는 가수가 되겠다는 생각은 없었어요. 그렇다고 작곡에 큰 열정이 있던 것도 아니었어요. 굳이 좋아한 것이 있다면 노래? 직업으로 삼기는 싫었지만 취미로 즐기는 건 Yes. 진학해놓고 이런 생각을 하는 것도 웃기죠? 아무튼 전 작곡과에 입학했고 '리커버리'라는 소모임에서 가입하게 됐어요. 지금이…… 5기쯤 됐겠네요. 혹시 여기 리커버리

후배 분 있나요?"

그녀의 물음에 한쪽에서 5명의 남녀가 손을 들었다.

후배들을 보자 이현아의 입가에 미소가 거렸다.

"오오. 제 직속 후배를 보니 정말 반갑네요. 끝나고 선배가 까까 사줄까?"

"하하하하."

이현아의 가벼운 농담에 강당의 분위기가 가벼워졌다.

'저 무대체질.'

강윤도 피식 새어 나오는 웃음을 가리며 턱에 손을 올렸다.

사람들의 가벼운 웃음 속에서 이현아는 차분히 말을 이어갔다.

그녀는 지금의 사장인 강윤을 소모임 리커버리에서 만나 대학가요제에 나가게 되었고, 동상을 수상하게 되었다는 이야기를 했다. 그리고 그게 계기가 되어 이후 자신의 팀을 만들었고, 이후 인디밴드로 활동을 시작했다며 이야기를 끌어나갔다.

팀을 만드는 일이 얼마나 힘든지 아는 학생들은 팀이 결성되었다는 부분에서 박수를 쳤다.

"감사해요."

이현아가 고개를 숙이자, 사람들은 더 크게 박수갈채를 보냈다.

이야기는 계속되었다.

그녀는 인디 밴드로 활동하던 중 강윤을 다시 만나고, 월드엔터테인먼트에 들어가게 된 이야기를 했다. 그리고 이후 밴드 활동을 하며 있었던 에피소드들을 풀며 사람들의 흥미를 자극해 갔다.

특히 강윤을 직접 찾아가 팀과 자신을 모두 받아달라고 말했다는 이야기는 학생들 모두가 박수를 보냈다.

이현아는 멋쩍은 미소를 지으며 말했다.

"……사실, 저는 운이 좋은 케이스였어요. 저 말고 다른 사람들은 팀에서 나와 홀로 소속사와 계약하는 일들이 많았거든요. 비극이죠. 저도 어딘지 밝힐 수는 없었지만 월드로 가기 전에 따로 제의를 받은 곳이 있었어요. 다행히 우리 사장님을 만나 비극을 피했고요."

이현아는 차분한 표정으로 말을 이어갔다.

"사실, 혼자서 더 큰 소속사로 가고 싶은 욕심이 없었다면 거짓말이에요. 하지만 그 고민은 오래가지 않았죠. 지금 소속사에서는 제가 하고 싶은 음악을 마음껏 할 수 있게 해주거든요. 후배님들, 월드 정말 짱이에요. 월드로 오세요."

"하하하하."

깨알 같은 홍보에 학생들 모두가 웃음을 터뜨렸다.

"저 녀석이……."

"쿡쿡."

강윤은 그녀의 돌발행동에 자리에서 벌떡 일어났고 최찬양 교수가 웃으며 강윤의 팔을 붙잡았다. 그의 옆에 앉은 총장도 웃음을 터뜨렸다.

가벼움과 무거움을 넘나들며 이현아의 이야기가 끝을 향해 달려갔다.

"……OST 발매하고, 드디어 메이저 무대로 진출했어요. 그 OST가 아주 잘돼서 여기저기서 불러주고 이젠 정기공연뿐만 아니라 전국 여기저기로 공연도 다니고 있고요. 현재 이현아는 이렇게 살고 있습니다. 후, 이상입니다."

"와아아-"

학생들이 박수로 그녀의 이야기에 화답했다.

그리고 곧 문답으로 순서가 이어졌다.

사회자는 간단하게 이현아에게 감사를 표하고는 곧 학생들에게 질문을 받기 시작했다.

첫 번째 질문은 맨 앞자리에 앉은 머리띠를 한 여학생에게서 나왔다.

"안녕하세요? 1학년 실음과 이지솔이라 합니다. 선배님께서는 인디에서 메이저로 자리를 잡으신 거잖아요."

"네, 맞아요."

"그러면 선배님은 인디에서 메이저로 넘어가기 전에 어떻게 준비를 하셨어요?"

첫 번째 질문부터 만만치 않았다.

노래로 진로를 정한 학생들에게 피부로 와 닿는 고민이라 할 수 있었다.

이현아는 잠시 생각하고는 차분한 어조로 말했다.

"어떤 준비라. 특별히 메이저 무대를 위한 준비를 하진 않았던 것 같아요. 다만……."

"다만?"

"꾸준하게 음악을 한 것. 이게 제일 중요하다고 생각해요."

그녀는 스탠드의 마이크를 뽑아 들고는 중앙으로 나섰다.

"전 가장 기본적인 것을 항상 지켰어요. 아니, 저뿐만 아니라 팀원 전부가요. 매일 연습, 일주일 한 번의 공연, 때때로 사장님과 곡에 대한 이야기까지. 새로운 생각을 하고, 그 생각을 노래하기 위해 기본적인 것들을 지켜나갔어요. 이게 비결이라 할 수 있겠네요."

그러자 질문한 여학생 옆에 앉은 남학생이 손을 들었다.

"선배님, 매주 공연을 하는 게 쉽지 않은 걸로 아는데 어쩔 수 없이 빠져야 했을 때는 어떻게 하셨어요?"

"우린 공연을 빼먹은 적이 없었어요."

이현아가 덤덤히 이야기하자 몇몇 학생들의 눈이 휘둥그레졌다.

"저휜 회사 소유의 공연장이 있어요. 엄밀히 말하면, 다른 밴드들보다 좋은 환경이 주어졌죠. 초기에 홍대 주변의 다른 공연장을 이용하지 못하는 일도 있었지만…… 공연을 쉬는 일은 없었어요. 이건 사실 우리 사장님 공이 커요. 큰돈을 들여서 저희 전용 공연장을 지어주셨으니까요."

"우와아-"

공연장을 만들어 주는 스케일을 듣자 학생들은 탄성을 내

질렀다.

어느 회사가 가수를 위해 공연장까지 지어줄 수 있겠는가?

학생들은 이현아를 부러운 눈빛으로 바라보았다.

"전 정말 멋진 분을 만났죠. 지금도 정말 감사하고 있어요."

이현아는 강윤 쪽으로 시선을 돌리며 윙크를 날렸다.

강윤이 표정을 어찌 지어야 할지 몰라 안면근육을 떨자, 최찬양 교수는 가볍게 강윤의 팔을 잡으며 말했다.

"하하하. 현아가 저렇게까지 말하는 애가 아닌데, 존경받으시네요."

"……민망합니다."

계속되는 금칠에 강윤은 머쓱해졌다.

♪

학교 정규수업을 마치고, 김지민은 교복을 입은 채 회사로 향했다.

'집에서 연습을 하긴 그러니까…….'

할머니도 쉬는 공간에서, 소리를 질러대며 연습을 하긴 곤란했다.

그녀가 스튜디오 문을 열고 안에 들어가 문을 여니 불이 켜져 있는 게 아닌가?

"문희 언니?"

"어? 지민 선배? 안녕하세요?"

스튜디오에는 선객이 있었다. 믹서를 조절하던 인문희였다.

"언니. 말씀 놓아도 괜찮아요."

그녀는 김지민보다 나이도 훨씬 많았지만 선배선배 하며 꼬박꼬박 예의를 지켰다.

김지민은 그녀대로 한참이나 나이 차이가 나는 사람에게 선배라 불리니 불편했지만…….

"아니에요. 지킬 건 지켜야죠. 질서 흐트러져요."

"제가 불편해서 그래요."

두 사람은 호칭을 놓고 한참 동안 실랑이를 벌였다.

결국은 김지민이 승리했다.

2~3년 차이도 아니고, 5년 이상 나이 차이가 나는 인문희가 꼬박꼬박 존댓말을 하니 매우 불편하다는 말을 하니 인문희도 할 말이 없었다.

하지만 김지민도 뒤에 붙는 선배라는 호칭은 떼어내지 못했다.

실랑이가 있었지만 나이어린 선배와 후배는 조금씩 친해지기 시작했다.

"언니는 어떤 거 연습하세요?"

김지민이 기타를 스탠드에 놓으며 묻자 인문희가 악보를 보기 좋게 정리하며 답했다.

"남훈 선생님이 연습하라고 과제를 줬거든. 그거 연습하려고."

"아, 그래요? 괜찮으면 오늘 같이 놀아보려고 했는데……

그럼 힘들까요?"

기타로 선율을 내며, 김지민이 아쉬운지 입술을 내밀었다.

"……조금만…… 놀까?"

"그래요, 언니. 언니가 부르는 트로트 짱 좋던데…… 듣고 싶어요."

쉽게 듣기 힘든 맛깔 나는 트로트의 구수한 가락.

김지민은 며칠 전 잼에서 들었던 인문희의 목소리에 반한 상태였다.

"어떤 걸로 할까요……?"

김지민이 신이 나서 악보에서 곡을 고르고 있는 그때.

스튜디오에 손님이 하나 더 들어섰다.

"아저~씨이."

문을 열자마자 누군가를 찾는 여인이 있었다.

평상복을 몸에 착 붙게 입어 라인을 도드라지게 드러내는 정민아였다.

큰 소리에 김지민은 연주하려던 기타에서 손을 뗐다.

"민아 언니?"

"지민아, 안녕. 혹시 아저씨 여기 있어?"

"선생님이요?"

김지민은 고개를 흔들었다.

그러고 보니 오늘 출근 후 강윤의 그림자도 보지 못했다.

"아, 진짜. 전화도 꺼져 있고. 칫. 오늘은 노리고 왔는데……."

사무실에도 없고, 스튜디오에도 없다니…….

정민아는 고운 아미를 잔뜩 찌푸렸다.

자신에게 주어진 이 휴일이 며칠이나 갈지 모른다. 이 소중한 기회를 이렇게 날리고 싶지 않아 정민아는 발을 동동 굴렀다.

……그런데 그 마음도 모르는 작자는 대체 어딜 간 건지!

그때, 인문희가 말했다.

"사장님 오늘 학교 가신다고 하셨어요."

"학, 학교요?"

생각지도 못한 말에 정민아는 눈을 껌뻑였다.

의문어린 표정에 인문희는 말을 덧붙였다.

"어제 현아 선배 학교에 간다고 함께 가신다고 말씀하셨어요. 그래서 오늘은 바로 퇴근하신다고 들었는데……."

"잠, 잠깐만요. 현…… 현아 씨요?"

정민아의 눈에 불꽃이 튀었다.

하필이면 이현아라고?! 고것하고 대체 왜?!

정민아에게서 검은 기운(?)이 느껴지자 인문희는 놀라 뒷걸음질을 쳤다.

"……네? 네. 왜…… 왜 그러세요?"

"……ㅇㅇㅇ."

인문희가 떠는 것도 모르고, 정민아는 주먹을 부르르 떨더니 바로 스튜디오를 나가버렸다.

"서, 선배. 민아 선배 왜 저러는 거야?"

"……며칠만 있으면 알게 되실 거예요."

김지민은 고개를 절레절레 흔들었다.

인문희는 그녀의 말을 이해하지 못한 채 큰 눈만 껌뻑일 뿐이었다.

"수고하셨습니다."

이현아와 학교 후배들과의 사진촬영을 끝으로 '선배와의 대화'의 모든 순서가 끝이 났다.

강당 앞.

강윤은 총장을 비롯한 학교 관계자들과 손을 맞잡으며 인사를 나누었다.

"여기 제 명함입니다."

총장은 강윤에게 명함을 건넸고, 강윤도 그에게 명함을 건네주었다.

"오늘 감사했습니다. 원래 식사를 대접하고 싶지만 오늘 중요한 회의가 있어서……."

"아닙니다. 오늘 감사했습니다."

총장은 강윤과 인사를 나누고는 대기하고 있던 차에 올라탔다. 그리고 다음에 꼭 대접하겠다는 말과 함께, 그가 탄 차는 학교에서 사라졌다.

모든 행사가 끝나고, 강윤은 최찬양 교수와 이현아와 함께 교정을 걷기 시작했다.

"석양이 참 예쁘군요."

최찬양 교수는 하늘을 보며 부드럽게 미소 지었다.

"언덕이 참 운치 있네요."

어느덧 석양이 내리기 시작했다.

강윤은 노을이 지는 언덕을 가리키며 고개를 끄덕였다.

그러자 이현아가 말을 보탰다.

"우리 학교는 해질 때 풍경이 제일 멋있어요."

"해 뜰 때는 어때?"

"……그땐 와보지 않아서 잘 모르겠네요."

강윤의 물음에 이현아는 혀를 빼꼼히 내밀었다.

세 사람은 언덕에 있는 최찬양 교수의 연구동으로 향했다.

건물 앞에서 최찬양 교수가 말했다.

"그럼 금방 다녀올게요."

최찬양 교수가 짐을 가지러 가자, 언덕에는 두 사람만 남았다.

강윤과 이현아는 언덕에 자리한 벤치에 나란히 앉았다.

"오늘 고생했어. 제법 선배답던데?"

"당연하죠. 어엿한 졸업생이라고요."

강윤의 장난에 이현아는 스스로의 콧대를 높였고, 두 사람 사이에서 웃음소리가 흘러나왔다.

가벼운 분위기가 지나가고, 이현아는 차분한 어조로 이야기했다.

"오빠. 고마워요."

"응? 뭐가?"

"……그냥, 다요."

말로 표현하기 힘들 만큼 많은 것을 받았다.

강윤이 없었다면 과연 자신이 노래를 할 수 있었을까? 가수? 아니, 대학가요제에 나가는 것도, 노래를 만들어 보이는 것도 용기가 없어 시도하지 못했을 것이다.

중요한 계기마다 강윤은 항상 곁에서 자신을 이끌어주었다.

"새삼스럽게. 사장이 가수를 챙기는 건 당연한 거지."

강윤은 머쓱한 표정을 지으며 이현아의 어깨를 두드렸다.

그때, 그녀가 강윤의 손을 잡는 게 아닌가?

"현아야."

"……따뜻하네요."

강윤이 어찌할 바를 모를 때, 이현아는 고개를 돌려 강윤과 눈을 맞췄다.

"저…… 오빠 좋아해요."

부드럽게 불어오는 바람이 강윤을 거세게 흔들기 시작했다.

"……자, 잠깐만."

갑작스러운 고백에 강윤은 당혹스러웠다.

여지를 주지 않으려 노력했다고 생각했다. 하지만 그건 혼자만의 착각이었던 모양이다.

그는 이현아를 좋은 동생이라고만 생각했지, 여자라고 생각한 적은 없으니 말이다.

그 마음을 아는지 모르는지, 이현아는 옆으로 다가와 강윤에게 몸을 기댔다.

"처음 오빠를 만났을 때는 뭐 이런 사람이 다 있냐고 생각했었어요. 작곡과 소모임에서 선배들 노래보다 제 노래가 더 좋다며 자신감을 가지고 보이라며 나서야 한다고 채찍질을 받았고, 그것 때문에 대학가요제까지 나가게 되었으니까요."

"대학가요제는 최 교수님이 신청한 거잖아."

"그래도 오빠가 제 곡 안 보여 줬으면 불가능했어요."

이현아는 눈에 힘을 주며 말을 이어갔다.

"대학가요제 이후, 오빠에 대한 생각이 완전히 바뀌었어요. 단순히 꿈만 꾸는 사람이 아니라 오빠는 그 꿈을 현실로 이루는 사람이라는 걸 알게 되었으니까요. 혹시 이 오빠같이 살면 나도 꿈을 꾸고 이룰 수 있을까라는 생각도 하게 되었고요."

이현아는 눈을 감았다.

그가 없었다면, 자신이 과연 가수가 될 수 있었을까? 그 이전에 가수가 되겠다는 꿈을 가질 수 있었을까?

작곡한 노래를 남들에게 보이기조차 두려워했던 자신이다. 그런 자신의 등을 떠밀고, 무대에서 힘이 되어주었으며 이제는 마음껏 놀 수 있는 무대를 만들어준 존재.

그게 강윤이라는 사람이었다.

그런 사람에게 어찌 빠지지 않을 수 있겠는가.

"……지금까지는 오빠 등을 보면서 왔지만, 이제는 함께 앞을 보고 싶어요."

이현아는 떨리는 눈동자로 이야기했다.

연인으로서 그와 마주하고 싶다. 마음을 온전히 전했다.

이제는 그가 답할 차례였다.

'……상처 없이 끝낼 순 없겠구나.'

강윤은 잠시 눈을 감았다.

이현아는 그에겐 소중한…….

'가수고, 동생이지.'

이현아는 분명 매력적인 여인이었다.

활발하고, 적극적이며 외모도 어디에 밀리지 않는…….

하지만 그에겐 이미 옆을 채워주는 여인이 있었다. 그 자리에 이현아가 들어갈 자리는 없었다.

이윽고 긴 한숨을 쉰 강윤은 입을 열었다.

"……현아야."

"……."

강윤은 몸을 돌려 그녀를 자신에게서 떼어놓았다. 그러자 이현아는 불안한 눈빛으로 강윤을 바라보았다.

"미안해."

"오빠……."

그녀의 목소리가 떨려왔다.

잔인한 말이 그녀의 가슴을 후비니 그녀의 눈가가 그렁그렁해졌다.

멈칫할 법도 했지만 한번 마음먹은 강윤은 말을 멈추지 않았다.

"날 좋게 생각해 줘서 고마워. 사적인 감정으로 이야기할 게. 난 네가 여자로 보이지 않아. 좋은 동생으로만 보일 뿐이지. 솔직하게 말하면 지금처럼 좋은 가수와 사장으로만 지냈으면 좋겠어."

"오빠."

부드러운 어조였지만 그의 말은 전혀 부드럽지 않았다.

조금 남아 있던 여지마저 끊어버릴 기세였다.

하지만 이현아는 조금의 여지라도 찾고 싶었다.

"저, 정말로 하, 한 번도 절 다르게 새, 생각해 본 적이……."

"없어."

그의 말은 차갑게 그녀의 가슴을 파고들었다.

이현아는 도저히 그와 더 말을 할 용기가 나지 않았다.

"……아하하……. 하하…… 설마, 설마 했는데……."

그녀는 벤치에서 일어나 비틀대며 천천히 석양 속으로 걸어갔다.

위로 한마디 건넬 법도 하건만, 강윤은 냉담히 말했다.

"교수님 기다려야지."

"죄송해요. 저, 머…… 먼저 갈게요."

이현아는 천천히 걷더니 이내 빠르게 거리를 달려 택시를 타고 가버렸다.

그 모습을 보며 강윤은 쓴 표정을 지으며 얼굴을 가렸다.

'미안해. 하지만 이게 최선이야.'

그녀뿐만 아니라 자신, 아니 모두를 위해서라도 여지를 남길 순 없었다.

어두워지는 하늘 아래에서, 강윤은 잘 태우지 않는 담배를 꺼내 물었다.

늦은 밤.

이현아는 텅 빈 루나스 공연장에서 홀로 멍하니 앉아 있었다.

"하하, 하하하하하!"

조명하나 들어오지 않는 공연장은 문틈으로 새어 들어오는 작은 빛이 전부였다.

속에 있는 것을 털어버리려는 듯, 그녀는 공연장이 떠나가라 웃음을 터뜨렸다.

하지만 아픈 마음은 쉽게 떨어져 나가지 않았다.

"……그래! 가버려라! 이 나쁜 자식아!"

그때, 끼익 소리가 들려오며 공연장 문이 열렸다.

"현아 씨?"

갑자기 들려온 목소리에 이현아가 놀라 고개를 돌렸다. 보니 정민아의 굴곡진 실루엣이 눈에 들어왔다.

'하필이면…….'

가장 들키고 싶지 않은 상대라니.

그녀는 얼른 눈을 비비고는 아무렇지도 않게 말했다.

"민아 씨? 웬일이세요?"

"이제 연습이 끝났거든요. 현아 씨는 무슨 일 있나요? 여기서 뭐하세요?"

청승맞게 빈 공연장에서 소리나 지르고 있다니.

정민아는 고개를 갸웃했다.

"……그냥 생각할게 있어서요. 별거 아니에요."

이현아는 뭔가 말을 하려다 관뒀다.

정민아에게 오늘 강윤에게 차였다고 말을 하는 건 자존심이 허락하질 않았다.

하지만 여자로서의 감이라도 느낀 걸까.

정민아는 성큼성큼 들어오더니 이현아 옆에 자리를 잡고 앉았다.

"……."

"……."

그리고 침묵.

이현아도 딱히 정민아에게 가라는 등의 말은 하지 않았다.

한참의 시간이 지난 후, 정민아가 말했다.

"……아저씨 나빴죠?"

"맞아요. 나쁜 자식."

거짓말처럼 두 사람은 공감대를 찾아버렸다.

평소라면 나쁜 자식이라는 말에 길길이 뛸 정민아였지만 지금은 조금 달랐다. 심상치 않은 분위기라도 느낀 걸까?

"……사람 마음도 모르고."

"그러니까요. 사람 홀려놓을 때는 언제고."

"길 가다 넘어져라."

"하하하."

자고로 빠르게 친해지는 법은 남을 욕하는 거라 했던가.

두 사람은 언제 어색했냐는 듯, 순식간에 가까워지더니 이후 밤새 술자리를 가지며 빠르게 친해져 갔다.

♪♫♩♪♫♬♩♪

에디오스의 숙소에는 최근 서한유 때문에 프로듀싱 열풍이 불고 있었다.

서한유는 강윤에게 프로듀싱을 배우며 그가 내준 과제들을 해나가고 있었다.

"거즈아일 피아노 소리가 더 낫지 않아?"

편곡 프로그램으로 피아노 소리를 선택하는 서한유에게 크리스티 안이 물었다.

크리스티 안은 서한유가 프로듀싱을 할 때마다 와서 작업하는 것을 보며 배우곤 했는데, 듣는 귀가 좋아 서한유도 그녀의 말에는 귀 기울이곤 했다.

"그래요? 여긴 좀 더 묵직한 소리가 낫지 않아요?"

"아냐아냐. 멜로디를 봐. 그리고 베이스음이 너무 낮잖아. 거즈아일보다 머티프가 더 나을 것 같아."

서한유는 크리스티 안의 말대로 프로듀싱을 했다. 피아노 소리를 바꾸고, 밸런스를 맞춘 후 재생했다.

곧 이전보다 한층 좋아진 소리가 흘러나오자 서한유는 엄지손가락을 들었다.

“역시. 언니는 센스가 있어요.”

“얘는. 아냐.”

말은 그렇게 했지만 크리스티 안은 기분이 좋았다.

서한유가 작업을 진행하는 가운데 크리스티 안도 조언을 해나갔다. 그녀의 악기 선택 센스에 서한유는 많은 도움을 받았다.

짧은 악보 프로듀싱은 크리스티 안의 도움으로 빠르게 끝났다.

“휴우, 언니 덕에 금방 끝났네요.”

“그래? 그런데 지금 뭐하던 거였어? 이것도 앨범에 낼 곡이야?”

그랬으면 얼마나 좋을까마는, 서한유는 아쉬운 기색을 드러내며 고개를 흔들었다.

“에이, 아니에요. 그러려면 아직 멀었죠. 사장님이 해보라며 준 과제예요.”

“지난번부터 배운다던 그거구나?”

“네. 언니도 같이 해보실래요?”

“난 기계치라서.”

크리스티 안은 고개를 흔들었다. 간단한 인터넷도 하기 힘든데, 이런 복잡한 프로듀싱 프로그램을 다뤄야 한다니. 어려운 일이었다.

'그런데 재밌는 것 같아. 배우고는 싶네.'

크리스티 안은 서한유가 작업을 하는 방에서 떠나지 못하며, 계속 일하는 모습을 지켜보고 있었다.

♪♫♩♪♫♬♩♪

강윤과 이현아가 한려예술대학에 다녀온 다음 날.

옥상에서 강윤은 홀로 담배를 태우며 누군가를 기다리고 있었다.

'……현아가 나간다 해도 내가 감수해야 할 부분이지.'

강윤이 내뿜은 연기가 하늘을 흩뿌려놓았다.

사람 마음까지 그가 마음대로 할 수는 없는 법이다. 어제 일로 이현아가 나간다 해도 그는 감수할 생각이었다.

강윤이 담배를 끄자마자 옥상 문이 열리며 이현아가 들어왔다.

"오빠."

"날 마주하기 껄끄러울 텐데 오라고 해서 미안해."

"……."

어제의 기색은 온데간데없고, 이현아는 덤덤한 눈매로 강윤을 바라보았다.

강윤은 차분하게 용건을 이야기했다.

"혹시 연습이나 공연하기가 힘들다고 하면 휴가를 줄게.

잠깐 쉬었다가 와. 아니면…….”
“괜찮아요.”
이현아는 강윤의 말을 끊더니 차분한 어조로 이야기했다.
“사적인 일에 공적인 일을 결부시키는 건 오빠가 제일 싫어하는 일이잖아요. 그리고 원칙에도 어긋나고. 그러고 싶진 않아요.”
“그래도 이번에는…….”
강윤은 걱정스런 눈빛을 보냈다.
어제, 자신에게 이야기하는 이현아의 모습은 진심이었다. 모든 걸 걸고 부딪치는…….
“저도 프로예요. 이런 일로 미끄러지면 곤란하죠.”
“현아야.”
“배려해 주셔서 감사해요. 역시, 우리 사장님은 최고예요.”
이현아는 웃으며 엄지손가락을 들었다.
그 모습에 강윤은 씁쓸한 표정을 지었다.
“……미안해.”
“그만. 자꾸 그러면 제가 더 비참해져요.”
“…….”
그녀는 강윤과 나란히 난간에 섰다.
“전 제 마음을 솔직히 표현했을 뿐이에요. 그리고 오빠는 제가 여자로 안 보였을 뿐이죠.”
이현아는 가볍게 강윤을 끌어안았다. 강윤도 이번에는 그녀를 밀어내거나 하진 않았다.

"이걸로 끝. 짝사랑은 가슴 아프니까 그만할래요."
그녀는 강윤을 가볍게 밀쳐냈다.
이젠 더 이상 이 일을 마음에 두지 않겠다는 선언이기도 했다.
"할 말 더 없으시면 이제 내려가 볼게요. 어제 좋은 곡이 떠올라서요."
"……필요한 거 있으면 말하고."
"네, 사장님. 고마워요."
이현아는 옥상 문을 조용히 닫고 연습실로 내려갔다.
"……미안해."
강윤은 닫힌 문을 보며 씁쓸히 중얼거렸다.

하얀달빛의 연습실.
이현아는 테이블에 앉아 피아노를 치며 음표와 가사를 마구 써내려가고 있었다.
'사랑했어요, 하루가 지나고 또 다음이 와도…….'
머릿속이 마구 요동쳤다.
지금까지 썼던 노래들과는 전혀 성격이 다른 멜로디가 정신없이 뒤엉키며 손가락 끝으로 밀려나오는 듯했다.
한 페이지, 또 한 페이지.
빼곡해진 악보는 이내 꾸깃꾸깃해지더니 바닥에 흩어졌

고, 그녀의 이마는 땀으로 흥건해졌다.

하지만 그녀의 젖어든 눈은 악보에서 떨어지지 않았다.

“하하하하. 그래서 어제 클럽에서…… 현…… 읍읍……!”

김진대와 이차희가 문을 열며 요란하게 연습실에 들어섰다. 그런데 이현아의 집중하는 모습을 보며 이차희가 김진대의 입을 재빠르게 막아버렸다.

‘읍읍!’

‘쉿. 나와.’

이차희는 그를 끌고 연습실을 조용히 나섰다.

“……이걸 언제 다 보죠?”

이현지는 서버가 미어터질 정도로 많은 UCC 영상들을 보며 한숨을 내쉬었다.

“튠에 올린 영상이 효과가 있나 보네요.”

“있지요. 아주아주.”

강윤이 커피를 마시며 묻자 이현지는 세차게 고개를 흔들었다.

페이지를 넘기고 또 넘겨도 사람들이 접수한 UCC는 끝이 없이 이어졌다.

한 번에 다 볼 수 있는 양이 아니었다.

커피 잔을 들고 편안한 모습으로 영상을 빠르게 보던 강윤도 엄청난 UCC 양에 입을 벌렸다.
"……나눠서 보도록 하죠."
"진짜 많죠?"
이현지가 그것보라며 한숨짓자 강윤은 어깨를 으쓱였다.
컴퓨터를 끄고, 이현지는 강윤에게 서류를 건넸다.
"……연말에는 공연장을 대여하기가 쉽지 않은 모양이네요."
강윤은 12월 말에 장소를 대여하기가 쉽지 않은 것을 보며 한숨을 쉬었다. 이미 다른 대형 가수들이 유명한 콘서트 장소들은 모두 대여해서 일정이 꽉 차 있었다.
"2월 말. 이때밖에 없더군요."
"좋은 일정은 아니군요. 전국투어로 이으려면 그리 쉴 여력도 없을 텐데. 걱정입니다."
강윤의 걱정에 이현지도 동의했다.
"재훈 씨 목 때문에 그러시는 거죠?"
"네. 무리한 일정을 수행하다 무리가 생기면 곤란하니까요. 그런데 시너지 효과를 얻으려면 일정을 너무 미루면 곤란한데…… 그러자면 봄에는 콘서트를 해야 하고. 결국 다 얻을 수는 없겠군요."
콘서트를 여름으로 미룰까라는 생각도 들었지만 여름에는 단독콘서트보다 다른 대형 행사들이 많이 잡혀 있어 좋은 선택은 아니었다.
잠시 생각하던 이현지가 말했다.

"투어 횟수를 줄여야겠네요."

"그러는 수밖에 없을 것 같습니다. 업체 선정은 잘되고 있나요?"

"네. 월드가 생기고 처음 하는 대형 프로젝트라 업체들도 많이 뛰어들더군요. 어렵진 않을 것 같아요."

좋은 징조였다.

강윤은 콘서트에 대한 이야기를 마치고 다음 화제로 넘어갔다.

"이제 문제는 문희네요. 문희가 어떤 선택을 할지."

"내년에 문희 씨가 계속 회사에 남아 있을지, 아닐지에 대한 거죠?"

언제까지 다른 직장이 있는 이를 가수로 데리고 있을 수는 없는 법이었다.

선택의 순간이 천천히 다가오고 있었다.

강윤은 차분히 말했다.

"학생들 겨울방학이 오면 이제 기로에 설 겁니다. 문희도 알고 있겠죠."

"……놓치기 싫죠?"

강윤은 고개를 끄덕였다.

"당연히 그렇지만…… 선택을 강요할 수는 없습니다. 전 진심으로 이 길에 뛰어들겠다고 결심하는 사람과 함께하고 싶으니까요."

강윤은 식어버린 커피 잔을 들어 올렸다.

4화

모든 것을 걸고…….

"문희 씨가 어떤 선택을 할까요?"

창가에 선 이현지는 팔짱을 끼었다.

산을 옮기는 재능이 있더라도 본인이 하기 싫다면 그만이다.

과연 그녀가 안정된 미래를 놔두고 불안한 미래를 선택할 이유가 있을까?

이현지는 아무리 생각해도 확신이 들지 않았다.

그녀의 걱정 어린 말에 강윤은 차분히 말했다.

"사람의 생각을 어떻게 알겠습니까. 저도 정확히는…… 모르겠습니다. 냉정히 말하면 취미로 배웠다 하고 끝내도 할 말이 없는 조건의 계약이니까요."

"이거, 우리 사장님 너무 손해 보는 계약을 한 것 아닌가요?"

이현지가 장난스럽게 묻자 강윤은 웃으며 고개를 흔들었다.

"그래도 손해는 아닐 겁니다. 문희에게 잘해 주면 연습생들에게도 소문이 나겠죠. 저 소속사는 직업, 나이보다 실력만 있으면 어떻게든 키워주려고 하는구나. 요새 기획가수가 늘어나면서 연령이 어려지고 평준화되는 추세이지 않습니까. 오히려 이미지 재고에는 좋다 생각합니다."

"생각해 보니 그런 장점도 있네요."

"가수까지 된다면 더할 나위 없이 좋겠지만 문희가 중간에 포기해도 우리 이미지에 손상이 오지는 않을 겁니다. 3개월 동안 홍보에 투자했다고 생각해야지요."

"오히려 나중에 좋은 사람이 올 수도 있으니까…… 소속사 이미지가 올라가면 지원하는 지망생들의 질도 올라갈 거고, 사람들의 인식재고에 간접적으로 가수들에게도 좋겠네요. 생각보다 얻는 게 많군요."

이현지는 수긍했는지 고개를 끄덕였다.

이야기를 모두 끝낸 강윤은 자리에서 일어났다.

"그럼 나중에 더 이야기하죠."

"네? 아, 시간이 벌써 이렇게 되었군요."

어느덧 6시를 넘어 30분이 지나가는 시점.

인문희가 회사에 슬슬 도착했을 시간이었다.

강윤은 인문희를 만나기 위해 스튜디오로 향했다.

'내 청춘아, 여기에선 너무 꺾으면 오히려 듣기 싫다고

했지?'

"인 선생."

'너무 악보를 의식하면 오히려 느낌이 떨어져서 내 감정을 전달하는 게 힘들다고…….'

"인 선생!

펜대를 굴리며 인문희가 멍하니 생각에 잠겨있는데, 뒤에서 들려오는 굉음이 있었다.

"네, 네!"

인문희가 놀라 돌아보니 머리가 벗겨진 교감 선생님이었다.

그는 양 볼에 심술보를 가득 채우고는 인문희에게 눈을 부라렸다.

"몇 번을 불러도 대답이 없어. 인 선생. 회의록 다 썼나요?"

"네? 네. 다 했습니다."

"……흠. 그래요?"

교감은 미심쩍은 눈빛을 보내다가 완벽히 정리된 회의록을 보더니 얼굴을 구겼다.

"……매일 퇴근할 생각만 하지 말고, 일해요. 일."

잘해도 난리였다.

인문희가 짧게 한숨을 쉬고 있을 때 옆자리에 앉은 동료가 그녀의 귀에 속삭였다.

"저 인간 또 심술보 터졌나 봐. 자기만 보면 못 잡아먹어서 안달이네."

"……할 수 없죠. 학기 초부터 찍힌걸요."

여자 동료의 걱정 어린 말에 인문희는 짧게 한숨을 쉬었다.

저 머리 벗겨진 교감은 자기만 보면 잔소리에 쓸데없는 잡일에…….

도무지 왜 생트집인지 이해가 가질 않았다.

동료는 심각한 표정으로 펜을 굴리며 이야기했다.

“아무튼 조심해. 요새 계속 칼퇴근한다고 저 문어가 자기한테 단단히 벼르고 있다더라.”

“할 일은 다 하고 가는데…… 알았어요. 고마워요.”

인문희는 씁쓸했다.

이놈의 조직생활이라는 건 정말 어려웠다. 다른 일을 하고 있었지만 그렇다고 이곳의 일에 소홀한 적은 단 한 번도 없었다. 대체 이놈의 사회라는 곳은 왜 이러는지.

‘이런. 늦겠다.’

어느덧 퇴근시간이 되었다.

하지만 인문희는 바로 교무실을 나서지 못하고 잠시 머무르다 문을 열어야 했다.

급하게 복도를 걸어가는데. 문제의 문어머리 교감과 마주쳤다.

“인 선생. 오늘도 벌써 퇴근인가요?”

“아, 네. 그게…….”

“쯧쯧. 하아. 기간제 선생님도 아니고. 다른 분들은 아직 남아 있지 않나요?”

“…….”

“가봐요. 내일 이야기하죠.”

내일은 또 무슨 트집을 잡고 괴롭히려는지.

해야 할 일은 분명히 끝내고 왔다. 몇 번이나 확인하고, 또 확인했다. 그런데도 이러는 교감을 그녀는 이해하기 힘들었다.

“……그럼 가보겠습니다.”

인문희는 혀를 차는 교감에게 고개를 숙이고는 문을 나섰다.

학교를 나서 서둘러 버스를 타는데 마음이 그리 좋지 않았다.

‘정말 쉽지 않구나.’

직장과 노래.

두 가지를 함께한다는 건 정말 쉽지 않았다.

힘겹게 자리에 앉아 창가에 머리를 기댄 인문희는 잠시 눈을 감았다.

‘나, 과연 가수가 될 수 있을까?’

사회에서 이렇게 치이고, 회사에서도 많은 연습을 할 수도 없다.

이런 여건을 뚫고 과연 가수가 될 수 있을까?

사장님이 이야기한 3개월이 천천히 다가오고 있었다.

하지만 그녀는 여전히 마음의 갈피를 잡을 수가 없었다.

‘모르겠어. 그냥…….’

복잡한 상념은 쉽게 가라앉지 않았다.

그때.

―이번 정류장은…….

'엣?!'

인문희는 몸을 떨며 창가에서 고개를 뗐다.

잠결에 들으니 내려야 할 정류장의 안내멘트가 흘러나오고 있었다.

서둘러 정신을 수습하고 많은 인파를 헤치며 버스에서 내렸다.

그런데…….

"여긴…… 어디지?"

주위를 둘러보니 원래 내려야 할 곳과는 전혀 다른 세상이었다.

실수로 한 정거장 전에 내리고 말았던 것이다.

허둥지둥 내리느라 이번 정류장과 다음 정류장 안내를 헷갈린 탓이었다.

"오늘은 진짜 되는 일이 없구나……."

머리를 부여잡으며 인문희는 땅이 꺼져라 한숨을 쉬었다.

연습을 끝낸 인문희는 스튜디오 부스에서 나오며 지친 기색을 진하게 드러냈다.

"……수고하셨습니다."

의자에 주저앉으며, 그녀는 테이블의 물을 벌컥벌컥 마셨다.

"고생했어. 잘하고 있으니까 이대로만 하면 될 것 같아."
"네."
강윤은 그녀의 등을 가볍게 두드리곤 짐을 챙겼다.
그는 먼저 스튜디오를 나서려다, 피곤한 기색이 역력해 보이는 그녀에게 물었다.
"요새 체력이 모자라서 많이 힘들지 않아?"
"……네. 네? 아, 아니요!"
무심결에 솔직하게 답했다가 인문희는 빠르게 손을 내저었다. 아주 잠시, 마음을 놓았다가 참사가 빚어졌다.
강윤은 사장이다.
학교에서는 교감을 넘어 교장과 같은 최고의 위치.
그런 사람에게 이런 모습을 보이다니…….
인문희는 무슨 짓을 했냐는 생각에 머리를 부여잡았다.
하지만 그녀의 생각과는 다르게 강윤은 부드러운 표정으로 이야기했다.
"낮에는 일하고 밤늦게까지 연습하는 게 쉽지 않을 거야. 이번 주에 하루 쉴까?"
"아, 아니요. 괜찮습니다."
인문희는 기합이 바짝 든 목소리로 대답했다.
그러나 그 반응이 마음에 안 들었는지 강윤은 눈을 가늘게 뜨며 물었다.
"왜 그래? 학교에서 무슨 일 있었어?"
"아니요, 그런 건 아닌데……."

"아닌 것 같은데? 왜 그래? 이 일 때문에 학교 일하는 데 지장이라도 생긴 거니?"

강윤이 걱정스럽게 물었다.

그녀는 상대에게 마음을 놓으면 안 된다 생각했지만 다정한 말에 마음이 순간 흔들렸다.

그래도 턱 끝까지 올라오는 '힘들다'는 이야기를 참고 웃어 보였다.

"아니에요. 요새 정말 재미있는걸요. 이것만 잘하면 다시 가수가 될 수 있잖아요."

"……."

나오는 말과는 다르게 인문희의 한쪽 눈이 가늘게 떨려왔다

강윤은 그런 그녀와 눈을 마주하니 마음이 씁쓸했다.

'이쯤 되면 흔들릴 때도 되었지.'

"잠깐만 있어봐."

강윤은 스튜디오 책상 서랍에 있는 봉투를 꺼내 그녀에게 건넸다.

"……송태겸 디너쇼? 이거 두 장이네요?"

"애인하고 데이트도 할 겸, 다녀와."

인문희의 표정이 얼떨떨해졌다. 난데없이 금맥을 발견한 광부의 표정이었다.

강윤은 거기에 한마디를 보탰다.

"감상문을 써오라고는 안하겠지만, 어떤 걸 느꼈는지 10

분간 설명하게 할 거니까 잘 생각해 와. 알았지?"

"10분이요?"

10분 동안 말하려면 생각을 정말 많이 해 와야 한다. 메모하는 것이 나을지도 몰랐다.

"알겠습니다."

"VIP석이야. 잘 보고와."

"……감사합니다."

인문희는 강윤에게 고개를 숙이며 고마움을 표했다.

'그런데 나 애인은 없는데…… 누구랑 가지?'

그녀는 행복한 고민에 빠져들었다.

그러면서 인문희는 강윤에게 신뢰를 한층 더 강하게 느끼게 되었다.

고층 빌딩들로 숲을 이루는 서울의 역삼동.

그 중심가에 유달리 눈에 띄는 한옥 건물은 접대로 유명한 요정이었다.

고급 승용차들이 늘어선 경비가 삼엄한 그곳에서, MG엔터테인먼트 이사들과 예랑엔터테인먼트 강시명 사장의 웃음소리가 흘러나오고 있었다.

"하하하하하. 융통이 잘되었다니, 다행입니다."

강시명 사장은 한 손에는 술을, 다른 한손에는 한복을 입은 앳된 여인을 끌어안고는 유경태 이사의 빈 잔을 채웠다.

"크크. 그렇지요. 이번에 예랑에서 준비하는 신인은 잘 되고 있습니까?"

"WINCLE 말이군요. 연말이나 연초쯤 보여드리게 되겠군요."

강시명 사장은 유경태 이사에게 잔을 받으며 씨익 웃었다.

그러자 옆에 있던 김진호 이사가 물었다.

"6인조 걸그룹이었지요?"

"맞습니다, 이사님. 몇 년간 준비한 애들이라 상큼하죠. 마음 단단히 먹었습니다."

"하하하하."

다른 회사 이야기였지만 분위기는 화기애애했다.

문광식 이사는 옆자리의 한복을 입은 여인을 쓰다듬으며 음흉하게 웃었다.

"크흐흐. 우리 헬로틴트 애들이랑 겹치지 않았으면 하는군요."

"어이쿠, 당연하지요. 출혈경쟁을 할 이유는 없지요. 그 누구냐. 에디오스라면 모를까."

"하하하하하."

강시명 사장은 자신만만한 미소를 지었다.

6인조.

한층 더 어려진 나이대와 실력까지 겸비했다.

그는 오랜 기간에 걸쳐 준비한 신인 'WINCLE'이 에디오스를 따라잡지 못할 이유가 없다고 확신했다.

그렇게 분위기가 무르익어갈 때, 문이 열리며 정장을 입은 남자가 들어섰다. 마른 체격에 뿔테 안경 뒤로 날선 눈매를 가진 40대 남자였다.

"높으신 분들이 다 계시는군요. 실례하겠습니다."

그가 모두에게 인사하자 강시명 사장이 눈매를 좁혔다.

"이런 좋은 자리에서 그리 뵙고 싶지 않은 분을 뵙는군요."

강시명 사장은 그 남자가 싫었는지 대놓고 면박을 주었다.

하지만 남자는 넉살이 좋았는지 활짝 웃으며 답했다.

"강 사장님. 오랜만에 뵙습니다."

"……그러게 말입니다. 그리 보고 싶지 않았습니다만."

"하하하. 이거 너무 미움 받는군요."

분위기가 냉각되려하자 김진호 이사가 강시명 사장을 만류했다.

"자자. 진정하시고. 강 사장님도 너무 면박만 주지 마시고요. 이번에 우리에게 좋은 선물을 들고 오신 분이란 말입니다."

그 말에 강시명 사장이 눈을 가늘게 떴다.

"저런 쓰레기 기사나 만들어내는 신문사 사장과는 그리 엮이고 싶지 않군요."

"에이, 강 사장님도. 쓰레기도 잘 쓰면 자원이 되는 걸 아시잖습니까."

"……."

대놓고 쓰레기라 언급되었지만, 남자는 미소를 잃지 않았다. 오히려 섬뜩할 정도였다.

문광식 이사는 아예 옆의 여인을 무릎 위에 앉히고는 말했다.

"문 사장. 잘 왔어. 그때 말했던 조건이면 다 된다는 거지?"

"일단 술 한 잔 주십시오. 강 사장님이 주시면 좋겠습니다."

"……."

강시명 사장은 눈가를 씰룩대며 남자의 잔을 채워주었다.

그는 대번에 독한 술을 넘겨 버리고는 시원하게 '크으' 소리를 냈다.

"누구 뒤를 캐드리면 되겠습니까?"

남자의 눈은 무섭게 번들거렸다.

순간 문광식 이사의 무릎 위에 앉아 있던 여인이 무서웠는지 몸을 가늘게 떨었다.

"하하하, 괜찮다, 아가야."

"이사니임~"

"귀여운 자식."

그는 여인의 입술에 자신의 두꺼운 입술을 박고는 근엄한 표정으로 말했다.

"윤슬에 헤로이라고 있지? 거기 리더가 한주연하고 친하게 지낸다네?"

"네? 한주연이면 에디오스 아닙니까?"

남자는 말도 안 된다는 표정으로 말을 이었다.

"에디오스는 캐낼 것이 없습니다. 저희 팀이 2교대로 돌면서 붙었는데도 뭐 하나 건진 게 없었습니다. 거기 사장이 엄청나게 관리하는 것 같더군요. 활동하는 내내 붙어 있었는데 체류비나 차량 유지비가 더 나왔습니다. 남는 게 없었죠. 결국 철수했습니다."

"허허. 이번에는 근거가 있다니까? 일단 내 말 믿고 해봐. 꽤 클걸?"

"……."

문광식 이사의 자신만만한 말에 남자는 잠시 침묵했다.

월드엔터테인먼트의 스타들을 캐낸다면 확실히 특종이긴 할 터.

하지만 그게 말처럼 쉽지 않았다. 거기 사람들은 지독하리만치 스케줄이 고정적이었다. 개인 스케줄이 있다 해도 밖에 돌아다니지 않는다며 지키던 애들이 울상을 짓곤 했었다.

하지만 저 이사도 괜히 말하는 건 아닐 터.

"……알겠습니다. 해보지요. 대신."

남자는 강시명 사장과 눈을 마주했다.

"술 한 잔만 더 받겠습니다. 이상하게 사장님에겐 정감이 가서 말이지요."

강시명 사장은 심드렁한 표정으로 그에게 술을 따라주었다.

'저런 것들하고 엮이면 뒤끝이 안 좋은데.'

강시명 사장은 짧게 한숨을 내쉬었다.

이전 앨범을 발매했을 때와는 달리 김재훈의 행사 관련 스케줄은 많지 않았다.

월드엔터테인먼트로 이적한 후, 새벽부터 늦은 밤까지 달려왔던 시절과는 완전히 다른 모습이었다.

그렇다고 김재훈이 한가한 시간을 보내는 것은 절대 아니었다.

"무뎌진 내 마음엔-"

아무 일정 없는 루나스의 빈 공연장에서 김재훈은 콘서트 연습에 정신이 없었다.

강윤으로부터 콘서트 계획을 듣자마자, 그는 바로 연습에 들어갔다. 홀로 쓰기에는 넓은 공연장이었지만 그의 진한 목소리가 공연장을 가득 메워가고 있었다.

"……."

강윤은 의자에 앉아 그가 연습하는 모습을 지켜보고 있었다.

'많이 들뜬 것 같군.'

강윤은 펜을 들어 김재훈에 대한 여러 가지를 메모했다.

그의 컨디션부터 필요하다고 생각하는 것들, 그리고 떠오르는 아이디어 등. 그의 메모장은 빼곡하게 들어차 있었다.

월드엔터테인먼트에서 열리는 첫 개인 콘서트. 그리고 김재훈에게도 수년 만에 여는 첫 콘서트다. 철저하게 준비하는 건 당연했다.

"넌 언제나 그 자리에서 행복하길-"

가늘게 떨려오는 목소리가 조금씩 잦아들었다.

노래가 끝나자 강윤의 눈에 비치던 눈부시게 빛나던 하얀 빛도 사그라졌다.

"휴우."

"수고했어."

강윤이 가볍게 박수를 치자, 김재훈은 짧은 한숨을 지으며 공연장 바닥에 걸터앉았다.

"괜찮았나요?"

"응. 괜찮네. 컨디션은 어때?"

"좋아요. 목 상태도 좋고……."

"그래도 무리하면 안 돼. 시간은 기니까 서두르지 말자."

혹여 무슨 일이 있을까, 김재훈에게 강윤은 몇 번이나 주의를 주었다.

강윤의 말에 김재훈은 웃으며 고개를 끄덕였다.

"걱정 안하셔도 괜찮아요. 설마 목 때문에 이 좋은 기회를 날려버릴까요."

"흥분하면 목에 힘이 들어가니까. 아무튼 당분간은 연습 5시간 이상 하지 말고."

"……너무 짠 거 아닌가요?"

준비도 적당히 하라며 뭐라 하는 사장이라니…… 김재훈이 아쉬움을 드러내자 강윤은 고개를 흔들었다.

"들뜬 마음은 알겠지만 우린 장기 레이스를 하는 거야. 콘서트 2번으로 끝이라 생각하면 곤란해. 반응이 좋으면 전국투어도 할 계획이니까. 초장부터 목을 혹사하면 안 되겠지?"

전국투어.

궁극적인 목적을 들은 김재훈은 눈을 반짝이며 고개를 끄덕였다.

"……알겠습니다, 형님."

"이럴 땐 형님이네."

강윤은 웃으며 일어나 김재훈의 어깨를 두드려 주었다.

"기왕 계획한 거, 제주도까지 제대로 돌아보자. 나중에 월드투어까지 가는 거야. 어때?"

"하하하. 알았어요. 형만 믿을게요."

월드투어.

꿈같은 이야기에 김재훈은 힘을 얻어 다시 연습을 시작했다.

강윤은 일을 정리한 후, 조용히 공연장을 나섰다.

'벌써 밤이네.'

창밖을 보니 이미 날이 어두워져 있었다.

오늘은 일찍 퇴근하려는 생각에 밖으로 나서려다 관리인과 마주쳤다.

관리인과 강윤은 간단하게 인사하고는 대화를 나누었다.

"지금 연습실에 누구 있습니까?"

강윤의 물음에 관리인이 잠시 생각하더니 답했다.

"민아가 낮부터 나와서 연습 중입니다. 대단한 아가씨에요. 지금 휴식기인데도 연습을 쉬질 않네요."

"흠……."

다른 멤버들보다 연습량이 절대적으로 많다. 관리인이 괜한 칭찬을 하는 게 아니었다.

강윤은 연습실이 있는 위층을 바라보았다.

"가보시게요? 지금도 연습 중일 겁니다."

그 말에 강윤은 계단을 올라 연습실로 향했다.

과연 문을 열고 들어가니 한창 몸에서 연기를 피우고 있는 정민아가 있었다.

"아저씨?!"

"이런, 내가 방해했나."

정민아의 당황한 표정을 보며 강윤은 난감한 표정을 지었다.

"아, 보…… 보지 마요!"

지워진 화장에 땀으로 범벅이 된 모습이 부끄러웠는지, 정민아는 바닥의 수건으로 얼굴을 가리더니 연습실을 뛰쳐나갔다.

"이전에는 안 저러더니……."

강윤이 너털웃음을 짓고는 자리에 앉아 있는데 정민아가 돌아왔다.

옷도 갈아입고 간단하게 화장도 한 모습이었다.

"……변신을 하고 나타났네."

"변신이라니요? 이게 원래 저예요."

"그래, 여자와 화장은 하나라고 했지."

"……뭐라고요?"

정민아는 강한 눈빛으로 강윤을 쏘아보았다.

"이런, 괜히 연습하고 있는데 방해한 것 같네. 그냥 갈 걸……."

다른 멤버들과 있을 때는 이런 모습을 보이지 않았었는데 말이다.

그래도 미안한 마음에 함께 저녁이나 먹으러 나가자 하려는데, 주머니에서 핸드폰이 진동했다.

"미안. 여보세요? 누구…… 어? 혜미?!"

반가운 목소리를 들었는지 강윤의 목소리가 확연히 높아졌다.

'……누구야?'

그에게서 여자 이름이 나오자 정민아의 눈이 가늘어졌다.

-이야, 번호 그대로네요? 오빠, 오랜만이죠?

"오랜만이지. 얼마만이야? 6년은 더 된 것 같은데?"

-더 됐을 걸요? 저 소속사 옮기고 두 번 만났나? 그것도 잠깐 본거잖아요. 아, 오빠. 혹시 지금 시간 되세요?

"지금?"

지금?

난데없는 돌직구에 강윤은 눈을 껌뻑였다.

"변함없이 돌직구구나."

-하하하. 나한테 그렇게 말할 수 있는 사람도 오빠밖에 없어요. 아무튼 지금 여기서 자선 레스토랑 하는 중이에요.

그래서 오랜만에 얼굴이나 볼까 해서요.

"자선 레스토랑?"

-와서 좋은 일도 하고, 밥도 먹고 얼굴도 보고. 좋을 것 같아서요.

뜬금없기는 했지만 딱히 나쁠 것 같진 않았다.

장소를 물으니 차를 타고 10분이면 갈 수 있는 장소에 있었다.

강윤은 일행에게 묻고 다시 연락 주겠다고 이야기하고는 전화를 끊었다.

"민아야. 저녁 먹었어?"

"아니요? 왜요?"

"사실은……."

강윤은 정민아에게 자선 레스토랑에 대해 이야기했다. 그러자 정민아는 잠시 생각하더니 같이 가자며 고개를 끄덕였다.

"좋은 일하러 가는 거잖아요. 그런데 오늘 옷발이 영 안 받는데 괜찮을까요?"

"화장만 조금 고치면 되지 않을까?"

"……하여간 여자 마음은 진짜 모르시네. 음악은 신이라면서 왜 이러실까?"

"응?"

예쁘다는 말 한마디가 저렇게 어렵나!

강윤이 고개를 갸웃할 때, 정민아는 입술을 삐죽거렸다.

그러나 이내 그녀는 자연스럽게 강윤의 손을 잡았다.

"빨리 가요. 저 배고파."

"민아야."

"아, 빨리빨리."

"그, 그래."

강윤은 갑작스러운 태세전환에 말려드는 듯한 기분을 느끼며 회사를 나섰다.

♪ ♫ ♩ ♪ ♫ ♬ ♩ ♪

이차희의 자취방에는 이미 10병이 넘는 소주병들이 나뒹굴고 있었다.

그 소주병 옆에 앉은 이현아가 풀린 표정으로 이차희를 향해 웃음 짓고 있었다.

"냐하하하하하하"

"이현아. 그만, 그만 마셔."

"괜찮아, 괘앤차않아아~"

저 술들 태반을 뱃속에 넣어버린 이현아는 아예 술병을 손에서 놓지 않았고, 이차희는 그녀의 손에서 술병을 뺏으려 했다.

하지만 술에 취한 사람은 힘도 강해진다고 했던가.

이현아는 기어이 술을 병째로 입에 가져가 벌컥벌컥했다.

"크으."

"……현아야. 그만해."

"괜찮데두우."

그렇게 또 하나의 빈병이 늘어났다.

이차희는 기나긴 한숨을 내쉬었다. 그러자 이현아가 슬픈 표정으로 말했다.

"……차희야아. 나 정말 슬포. 왜, 나가티 이쁜 려자애가 차요야 하는고얌? 헤헤."

"……니가 이러니까 차이지."

"고로니까아. 마자. 네 말이. 헤헤헤헤."

이현아는 잔뜩 꼬인 혀로 실실 웃음 지었다.

아무리 쿨한 척을 하고 다니지만, 마음의 앙금이란 쉽게 가라앉지 않는 법이다. 이차희는 고개를 흔들었다.

"뇌가 놰래까지~ 만들었다규~ 놰가!"

"……그래, 그래. 잘하셨어."

"야! 봐, 보라구우! 끅……."

이현아는 가방에서 악보를 꺼내 흔들어대더니 바닥에 픽 쓰러져 버렸다.

"……에휴. 괜찮은 척하더니 아닌가 보네. 아무튼 내일 두고 보자."

쓰러진 친구에게 무시무시한 으름장을 놓으며, 이차희는 친구를 세상에서 가장 안전한 이불 안으로 옮겨주었다.

그리고 악보도 챙겼다.

'어떤 악보야?'

호기심이 생겨 악보를 보는데 보면 볼수록 눈이 휘둥그레졌다.

그녀는 자는 친구 옆에서 서둘러 기타를 꺼내 들었다.

'……허?!'

서정적인 멜로디와 가사.

하얀달빛이 지금까지 불러왔던 노래와는 완전히 다른 느낌에 이차희는 경악을 금치 못했다.

루나스에서 멀지 않은 곳에 있는 연남동의 한 유명 돈가스 집.

강윤과 정민아는 많은 사람들이 줄서 있는 곳을 발견했다.

"저긴가 봐요."

정민아는 전방을 손가락으로 가리켰다.

그곳에는 수많은 카메라와 장비들, 거기에 메이드 복을 입은 여자 연예인들이 대기표를 나누어주는 모습이 눈에 들어왔다.

"잠깐. 촬영이었나?"

강윤이 발걸음을 멈췄다. 자선이라는 말에 가벼운 마음으로 왔건만, 촬영이라면 이야기가 달라진다.

게다가 정민아와 단둘이다. 오해를 사기 딱 좋은 모습이었다.

하지만 정민아는 대수롭지 않게 강윤을 재촉했다.

"에이, 뭐 어때요. 아저씨야 유명 작곡가고, 저도 초대받아서 오는 건데."

"이런 오해는 별론데."

"아, 진짜."

정민아는 강윤의 손을 잡더니 성큼성큼 사람들 틈에 섞였다.

강윤이 화들짝 놀랐지만, 이미 일은 벌어지고 난 후였다.

곧 한 메이드 복을 입은 여인이 다가왔다.

"혹시…… 에디오스 민아 선배님 아니세요?"

"주혜니?"

정민아가 아는 척을 하자 여인은 90도로 공손히 인사를 했다. 그녀는 데뷔한 지 얼마 되지 않은 코이넬이라는 걸그룹의 주혜라는 후배였다.

"안녕하세요?! 선배님. 초대받아서 오신 거예요?"

"응. 주혜 여기 출연하는구나?"

"네. 아, 뮤즈의…… 안녕하세요."

"안녕하세요."

강윤도 가볍게 인사를 건넸다.

줄서 있던 사람들이 정민아와 강윤을 보며 수군거리기 시작했다. 특히 정민아가 실물보다 예쁘니 어쩌니 하며 난리도 아니었다.

두 사람은 특별 손님이라며 안내를 받아 레스토랑 안으로 들어갔다.

그러자 강윤에게 전화를 건 여인, 이혜미가 그들을 마중 나왔다. 주방 안에서 앞치마를 두른 채 나온 그녀는 강윤을 보자마자 강하게 끌어안았다.

"오빠! 이게 얼마만이야!? 아우, 우리 오빠!"

"혜미야, 이거 얼마만이야? 오랜만이다."

강윤은 안겨드는 이혜미의 등을 가볍게 다독이고는 가볍게 떼어냈다.

'저, 저, 저…… 저…… 저……! 저년은 뭐야!?'

정민아의 눈에 대번에 독기가 차올랐다.

그걸 아는지 모르는지, 이혜미는 강윤의 손을 잡으며 상기된 표정으로 말했다.

"설마 8년 동안 번호가 그대로일 줄은 몰랐어. 진짜진짜 반갑다. 너무 오랫동안 못 봐서 내 목소리도 잊어버렸을 줄 알았는데. 정말 무심하다니까?"

"에이, 그래도 함께한 시간이 있는데 잊어버렸을까."

"하하하. 자자, 일단 앉아. 내가 맛있는 거 해줄게."

이혜미는 강윤을 가장 좋은 자리에 앉혔다. 정민아는 완전히 무시당하는 기분이 들어 표정이 굳어졌다.

그때, 한 남자가 강윤에게 다가왔다. 오늘 자선 행사를 주관한 프로그램 '프라이데이 나이트'의 메인 MC 유대준이었다.

예의 있게 인사한 그는 이혜미와 작곡가 뮤즈라는 의외의 인맥에 놀라움을 감추지 못하고는 강윤에게 물었다.

강윤은 잠시 생각하더니 차분히 답했다.

"제가 매니저로 있을 때 담당했던 연예인이었습니다. 그때는 신인이었죠.”

“오, 신인. 그때는 성격이 어땠었나요? 지금처럼 왈가닥?”

이혜미가 유대준에게 씨익 웃으며 주먹을 들어 보이자 여기저기서 웃음이 터져 나왔다.

강윤과 이혜미가 워낙 친밀하게 붙어 있으니, 정민아는 속이 부글부글 끓어올랐다.

‘이 양반이 진짜…….’

카메라마저 돌고 있으니 고문이 따로 없었다. 그런데 저 아줌마는 눈치도 없는지 더럽게 안 갔다.

그렇게 혜미라는 여자는 10분씩이나 자리를 차지하고 나서야 간신히 주방으로 돌아갔다.

“오랜만에 보니 반갑네.”

“…….”

“민아야. 왜 그러니?”

“네? 저 왜요?”

정민아가 아무렇지도 않은 표정으로 물었지만, 강윤은 의아한 얼굴로 다시 말했다.

“어디 아프니? 표정이 안 좋은데?”

‘당신 때문이야!’

하지만 생각한 대로 말이 나가지는 않았다.

“아니에요. 아, 배고파. 사장님, 우리 뭐 먹어요?”

“일단 메뉴부터 볼까?”

정민아가 속을 끓인 걸 아는지 모르는지, 강윤은 메뉴판을 보며 아무렇지도 않게 메뉴를 골라나갔다.

♪♫♩♪♫♬♩♪

중국 상하이의 한 호텔.

"수고하셨어요."

민진서는 호텔 로비에서 김주환 매니저에게 손을 흔들었다.

"수고했어, 진서야. 오늘 정말 고생 많았어."

"……항상 하는 건데요."

민진서는 짧게 한숨을 쉬었다.

어제부터 3일 동안 연속으로 스케줄을 수행해 왔다. 그것도 태반이 밤샘 촬영이 들어간 강행군이었다.

늦은 오후가 돼서야 스케줄을 마치고 호텔로 돌아왔기에, 김주환 매니저로서는 민진서의 저 덤덤한 말이 마음이 쓰려 왔다.

"……필요한 거 있으면 꼭 전화해."

"알았어요. 오빠도 쉬세요."

항상 말하지만 민진서가 요청한 횟수는 손에 꼽았다. 김주환 매니저는 그녀가 올라가는 모습을 안쓰럽게 바라보았다.

특실 안에서 샤워를 마치고 나온 민진서는 어두워진 상하이 시내를 내려다보았다.

'……어둡네.'

이젠 별 감흥 없어진 시내의 야경.

그녀는 냉장고에서 캔커피를 꺼내 시원하게 따고는 컴퓨터 앞에 앉았다. 원래 인터넷을 잘 하지 않는 그녀지만 언젠가부터 자신의 이름보다 먼저 검색하는 것이 생겼다.

–월드엔터테인먼트.

포털 사이트에 검색어를 입력하니 곧 여러 기사들이 쏟아져 나왔……

'음? 이거 뭐야?'

평소라면 1위네, 어디 갔네 등의 좋은 내용이 잔뜩 있어야 할 기사들은 사라지고 이상한 기사가 눈에 들어왔다.

–월드엔터테인먼트 에디오스 민아, 작곡가 뮤즈. 사장과 직원의 핑크빛 데이트?

–월드엔터테인먼트, 민아와 뮤즈의 공개 데이트?

'데이트?'

물음표가 붙은 기사는 신빙성이 떨어진다.

하지만 두 사람이 같이 검색된 것이 뭔가 이상했다.

–월드엔터테인먼트 소속 가수 에디오스의 민아와 작곡가 뮤즈의 이강윤이 '프라이데이 나이트'에서 한 자선 레스토랑에 함께 출연했다. 두 사람은 함께 식사를 하며 돈독한 사장과 직원의 관계를 사람들에게 보였으며……

'하아?'

기사는 별 내용이 없었다.

제목과 다르게 스캔들이라며 불꽃이 튀는 내용은 아니었다. 사장과 직원의 친밀감을 강조하는 내용이 주를 이루었다.

그런데 그녀의 신경을 긁는 것이 있었으니…….

'저, 저 언니는 뭔데 선생님 손을 잡고 있는 거야?!'

다름 아닌, 정민아가 강윤의 손을 잡고 브이 자를 하고 있는 사진이었다.

로비 한편에 마련된 흡연실에서 김주환 매니저는 담배를 태우고 있었다.

'진서 스케줄이 갈수록 늘어날 텐데…… 이거 어떻게 하지?'

담배연기를 뿜으며 김주환 매니저는 걱정했다.

지금도 빡빡한 스케줄이 앞으로는 더욱 늘어날 것이다.

슬슬 재계약도 생각해야 할 시점에 회사에서는 민진서를 마구잡이로 굴려대는 모습은 자금 사정이 팍팍하다는 해석이 가능했다.

'대체 건물은 왜 짓는다고…… 어라?'

회사에 대해 생각하고 있을 때, 주머니에서 요란하게 진동이 울려왔다.

받아보니 민진서였다.

"스케줄 외에는 전화도 잘 안 하는 애가 왜…… 여보세요?"

–오빠. 갑자기 전화해서 미안해요.

"아냐, 무슨 일 있어?"

평소의 민진서라면 부드럽게 이런저런 이야기를 했었겠지만, 지금은 뭔가 급박한 일이 있는지 바로 용건부터 들어갔다.

—오빠, 저 한국 가는 비행기 좀 끊어주세요. 지금 당장.

"뭐라고? 한국? 갑자기 왜?"

—이유는 묻지 말고요. 빨리.

"진서야. 스케줄 있는 거……."

—부탁해요.

민진서는 막무가내였다.

그녀가 이런 돌발 상황을 만드는 일이 거의 없었기에, 그는 잠시 생각하다 알았다며 이야기하고는 전화를 끊었다.

"무슨 일이야? 갑자기 비행기 티켓 마련하는 것도 쉬운 일이 아닌데……."

그는 한숨을 쉬며 바로 비행기를 예약하기 위해 어플을 켰다.

"나 갔다 올게."

숙소를 나서며 이삼순은 배웅 나온 한주연과 정민아에게 손을 흔들었다.

"잘 다녀와."

"응. 주연아, 어디 나가?"

"이따 약속 있거든."

숙소에서는 멤버 전원이 맨얼굴이건만, 오늘 한주연은 이상하리만치 진한 화장을 하고 있었다.

이삼순이 스케줄을 위해 숙소를 나서자 두 사람은 방으로 들어가 외출 준비를 서둘렀다.

정민아 옆에서 눈 화장을 하던 한주연이 궁금함에 물었다.

"오늘 어디 나가?"

"아니, 연습 가."

"겨우 연습 가는데 화장을 그렇게 열심히 해?"

게다가 안 지워지도록 방수화장으로 철저하게 준비하는 모습에 한주연은 눈이 휘둥그레졌다. 멤버들 중 가장 덜렁대는 멤버가 정민아였건만 오늘은 너무 달랐다.

"나도 이러고 싶을 때가 있잖아."

"구라 즐. 어떤 놈이야? 언니한테 말해보렴."

한주연은 코웃음을 쳤다.

십중팔구 놈이 아니고서야 이렇게까지 공들여서 화장을 할 이유가 없었다. 게다가 잘 입지도 않는 치마까지…….

하지만 정민아는 코웃음을 치며 맞받아쳤다.

"나도 여자거든?"

"……어이구? 빨리 불지 못할까?"

"야야! 화장 번져!"

한 판의 레슬링이 펼쳐졌지만, 결국 정민아의 입에서 남자의 이름이 거론되는 일은 벌어지지 않았다.

결국 한주연은 재미없다며 손을 놔버리곤 먼저 자리에서 일어났다.

"나 먼저 간다."

"누구 만나? 잠깐. 혹시 그때 그 썸 탄다는……?"

"설마, 내가 미쳤니?"

한주연는 고개를 도리도리 흔들며 현관을 나섰다.

"그럴 리는 없겠지? 에휴. 쟤가 문제니? 내가 문제지."

정민아는 고개를 도리도리 흔들고는 숙소를 나서 연습실로 향했다.

연습실에서 그녀는 평상시와 다름없이 옷을 갈아입고, 크게 음악을 켰다.

리듬에 몸을 맡기고는 에디오스의 음악을 처음부터 끝까지 재생했다.

'후우, 후우.'

10분, 20분.

1시간, 2시간.

춤이 계속 될수록 그녀의 숨소리가 거칠어졌다.

그러나 턴의 속도는 떨어질 줄을 몰랐고 올라가는 손의 각도 등도 내려가는 일이 없었다.

그녀의 체력은 발군이었다.

연습에 한참 몰입하고 있을 때였다.

"오늘도 연습하고 있나?"

조용히 문이 열리며 덩치 큰 한 남자가 들어섰다. 그녀에게 익숙한 사람, 강윤이었다.

하지만 이전과는 다르게 준비된 그녀는 자신감 있게 손을 흔들며 이마에 흐르는 땀을 닦아냈다.

"안녕하세요?"

"안녕. 여전하구나."

"……여전하다니요. 어감이 이상한데."

정민아는 입술을 삐죽대며 음악을 껐다.

강윤은 웃으며 그녀에게 물과 음료수를 내밀었고, 정민아는 시원하게 받아 넘겼다.

"휴식긴데 다른 애들처럼 집에도…… 아, 이런."

강윤은 실수를 했다 생각하곤 입을 다물었다.

"……저에 대해 다 알면서 그런 말을 하세요."

정민아는 조금 시무룩해졌다.

강윤은 미안한 표정을 지으며 머리를 긁적였다.

그녀는 부모님이 없는 소녀가장이었다. 형제도, 부모님도 없는 진짜 혼자.

그래서 계약할 때도 특별히 더 신경 썼던 기억이 났다. 자존심 때문에 다른 멤버들도 나중에서야 알았다고 들었다.

팬들도 거의 알지 못하는 극비사항이었다.

"쩝. 뭐 까먹을 수도 있지."

"칫. 마음먹은 내가 참아야죠. 대신 밥 사줘요."

정민아는 피식 웃으며 가볍게 넘어갔다. 천성이 심각한 것을 좋아하지 않는 그녀다웠다.

강윤은 고개를 흔들며 웃어 넘겼다.

"저번처럼 이상한 사진 찍히려고?"

"어어? 이상한 사진이라니요? 사장과 직원의 훈훈한 사진이었잖아요? 이상한 분이시네?"

정민아는 장난스럽게 혀를 빼꼼히 내밀었다.

강윤은 기찬 한숨을 내쉬었다.

"……그래, 그렇다 치자, 쳐."

"히히. 반응 좋았잖아요. 사장과 소속 연예인이 저렇게 사이가 좋아도 되는 거냐고. 훈훈했잖아요."

"……훈훈은 개뿔. 스캔들 안 터진 게 다행이지."

"우리 사장님, 자신감이 너무 넘치는 거 아니에요? 저하고 스캔들이라니요?"

"……윽."

강윤은 할 말이 없었다.

혹여 정민아가 자기에게 마음 두고 있는 거 아닌지 걱정하고 있었는데 그걸 정면으로 부정당하니 민망했다.

'내가 너무 과민했나?'

아니면 밀당인지?

여자란 이해할 수 없는 존재라며 강윤은 고개를 흔들었다.

결국 복잡하게 생각해 봐야 손해라며 잊어버리기로 마음먹었다.

어깨를 으쓱이며 강윤이 말했다.

"그래. 밥이나 먹으러 가자."

"네네. 아, 연습하는 거 정말 힘들어요."

"너무 연습만 하지 마. 관절에 무리 간다."

"전 젊어서 괜찮아요. 한창 때잖아요."

"하하하."

강윤이 먼저 일어나자 정민아는 천천히 자리에서 일어났다.

그런데 그녀의 앞섬이 밑으로 내려가 그녀의 가슴이 그대로 노출되는 게 아닌가?

'이런.'

강윤은 순간 눈을 어디로 둬야 할지 몰랐다. 정민아는 그걸 가릴 생각을 하지 않았던 것이다.

티를 내면 웃기는 놈이 되고, 안 내기도 웃기고. 난감한 상황이었다.

"자, 가요."

그걸 아는지 모르는지.

정민아는 자연스럽게 일어나 강윤의 손을 잡았다.

강윤이 어색하다는 생각에 그녀의 손을 뿌리치려 하는데, 갑자기 연습실 문이 덜커덕 열리며 한 여인이 들어섰다.

"선생님?"

여인은 토끼 눈을 하며 목소리를 높였다.

라인이 도드라지는 코트를 입은 눈부신 미인, 민진서였다.

"진서야."

"진서?"

강윤은 놀라 눈이 휘둥그레졌다. 정민아도 놀라기는 마찬가지였다. 중국에서 활동에 바쁠 그녀가 여긴 어떻게……?

한편, 민진서의 눈은 정민아와 강윤의 맞잡은 손으로 집중되어 있었다.

'이…… 이…….'

사진은 사장과 직원의 정이 어쩌고저쩌고 했지만 불안한 마음이 그대로 적중했다.

도장 한번 찍었다고 안심할 수가 없었다.

할 말도 많고, 속도 부글부글 끓었다. 주변에서 내버려 두질 않는 건지 뭔지.

민진서는 눈에 있던 불꽃을 간신히 사그라뜨리고는 강윤을 바라보았다.

"안.녕.하.세.요. 선.생.님."

"아하하, 안녕. 진서야."

딱딱하게 굳은 목소리. 강윤은 대번에 심상치 않은 기색을 눈치챘다.

상황이 난감했다.

'이런. 삐진 것 같은데…….'

직원이고, 어려도 여자는 여자다. 게다가 사진까지 찍힌 여자다. 화가 날 법도 했다.

아무래도 강윤은 대화를 하며 오해를 풀어야겠다는 생각을 했다.

한편, 정민아도 강윤의 태도 변화를 대번에 알아챘다.

'둘이 뭔가 있네, 있어.'

강윤을 둘러싸고 두 여인 사이에 폭풍우가 몰아치고 있었다.

-잘 지내는 듯한 이 사진은~

스튜디오 부스 안에서 김재훈은 눈을 감고 노래 삼매경에 빠져 있었다.

"우와……."

김재훈의 감미로운 목소리는 밖에서 감상하는 인문희를 흠뻑 젖어들게 만들었다.

서한유는 그녀 옆에서 믹서를 조작하며 심각한 표정을 짓고 있었다.

"어렵네. 좀 더 깊은 소리가 날 법도 한데?"

"선배님, 뭐가 잘 안되나요?"

인문희의 물음에 서한유는 고개를 끄덕였다.

"네. 제가 딜레이를 넣었거든요. 딜레이를 넣으면 좀 더 지연되는 효과가 나오는데, 이게 어울리지 않네요. 좀 더 깊은 소리를 내고 싶어서 그랬는데…… 이상하네. 사장님이 할 때는 잘됐는데……."

"사장님이 이런 일을 정말 잘하시나 봐요."

그 말에 서한유의 눈이 동그래졌다.

"노래도 만들고 기계도 잘 다루고 기획도…… 사실 못하는 게 없어요. 진짜 천재 같아요."

"천재요? 그 정도예요?"

"다른 회사에서도 우리 사장님 같은 분은 만나기 힘들 거

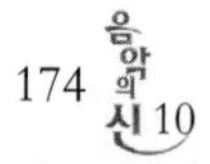

예요. 게다가 의리도 있고…… 어지간한 여자면 다 반할지도? 아, 난 무슨 소리람."

서한유는 살짝 붉어진 얼굴을 가리며 계속 믹서를 조작했다.

그때, 스피커에서 김재훈의 요구사항이 들려왔다.

—한유야. 딜레이 말고 에코를 넣어볼래?

"에코요? 어? 에코는 안 어울릴 것 같은데……."

—일단 넣어줘.

서한유는 에코를 넣고는 저음을 약간 줄였다.

그러자 만족한 김재훈은 다시 노래에 몰입했고, 인문희는 다시 서한유에게로 시선을 돌렸다.

"우리 사장님은 어떤 스타일이에요?"

"스타일이요? 가수와 맞추는 스타일을 묻는 건가요?"

"네."

서한유는 잠시 고민했다. 강윤은 과연 어떤 스타일의 사장일까?

기획을 하는 사장들마다 스타일이 있다.

시류를 읽으며 통할만한 가수를 선발하는 사람부터 자신의 의견을 강하게 주장해 거기에 가수를 맞춰나가는 사람, 자신의 음악 스타일에 가수를 맞추는 사람 등 여러 종류가 있었다.

가수 입장에서 어느 사장이 가장 좋은 사람이냐 묻는다면…….

"우리 사장님은 가수가 하고 싶은 노래를 하게 해주는 사장이라 생각해요. 그리고 그 노래가 대중에게 통하게 만들어주죠."

"……그래요? 저한텐 생각하지도 못한 트로트를 부르게 하셨는데……."

인문희는 고개를 갸웃했다.

지금까지 불러보지도 못한 장르에 의문이 든 건 사실이었다. 연습과정이 순항을 하고 있어 의심을 품지는 않았지만 한편으론 왜 트로트를 하게 했는지 궁금했다.

그러자 서한유가 웃으며 물었다.

"트로트를 싫어하세요?"

"그건 아니에요. 오히려 좋아하는 편이죠."

"문희 언니가 트로트 부를 때 정말 최고였어요. 많이 들어보진 못했지만…… 사장님도 그걸 알기 때문이 아닐까요?"

"……그렇게 괜찮았나요?"

서한유는 강하게 고개를 끄덕였다.

"네. 전 언니처럼 트로트를 맛깔나게 부르는 사람을 본 적이 없어요."

"부끄럽게……."

"진짜예요. 제 생각엔 언니가 워낙 트로트를 잘해서 사장님이 밀어붙인 거 아닐까요?"

"……."

김재훈의 노래가 거의 끝나가고 있었다.

잘나가는 선배의 인정을 받으니 인문희는 얼굴이 붉어졌지만, 날아갈 것만 같았다.

'워낙 잘해서?'

남훈에 이어 서한유까지.

학교에서 교감 같은 이에게 시달리는 것에 반해 이곳에서 그녀는…….

인정받고 있었다.

'……여긴 날 믿어주고 있구나.'

신뢰받는 기분. 이건 어디서도 느껴본 적이 없는 새로운 느낌이었다.

♪♫♩♩♫♫♩♪

"……."

"……."

강윤은 자신과 마주 앉은 두 여인, 민진서와 정민아를 보며 삐질삐질 땀을 흘렸다.

"저기, 애들아."

"……."

두 여인 다 웃고는 있었지만 한쪽 눈꼬리가 올라가 있었다.

서로가 마음에 안 드는 듯, 기세가 등등했다.

"어떤 부대찌개 시킬까?"

"해물이요."

"전 햄."

강윤의 물음에 정민아가 해물을, 민진서가 햄을 부르니 강윤은 난감했다.

두 사람 다 한 치의 양보가 없었다.

"……그냥 모둠 할 게. 사리 팍팍 넣어서."

강윤은 한숨을 쉬며 적당히 타협하는 선에서 메뉴를 맞췄다.

그런데 그의 다리에서 이상한 감촉이 느껴졌다.

'진서야?'

'…….'

강윤이 뭔가를 떨어뜨렸다는 핑계로 고개를 내리니 민진서가 다리로 자신의 다리를 툭툭 치고 있었다. 그녀의 표정에는 뭔가 불만이 있다는 듯, 조금 부풀어 있었다.

강윤은 짧게 한숨을 쉬며 고개를 흔들었다.

'대화가 필요하긴 한데…… 하아. 그런데 둘만 있기도 애매하고.'

강윤도 그녀를 챙기고 싶었지만, 이 상황에선 뭔가가 애매했다.

미안했지만 방법이 없었다.

화장실에서 몰래 민진서에게 문자로 미안하다며 이해해달란 문자를 보낸 것이 전부였다.

식당 사장이 직접 메뉴를 내오고, 서비스로 만두를 비롯해 음료수까지 받는 대접을 받았다. 그러나 생각만큼 테이블의 분위기는 밝지 않았다. 간간히 팬들이 사인을 받으러 올 때나 서비스 차원에서 웃을 뿐이었다.

부대찌개가 끓었다.

강윤은 찌개를 떠서 먼저 민진서에게 주었다.

“감사합니다.”

민진서는 의기양양한 표정으로 정민아를 바라보았다.

‘이게?’

정민아는 아니꼽다는 표정으로 입술을 삐죽거렸다.

그러나…….

“잘 먹겠습니다.”

곧 강윤이 정민아에게도 한 그릇 퍼주니 민진서의 표정이 말이 아니게 안 좋아졌다.

게다가…….

“아저씨. 제가 퍼줄게요.”

“괜찮은데.”

“아잉~”

윙크와 함께 평소에 부리지도 않는 애교까지 부리며, 정민아는 강윤에게서 국자를 빼앗더니 부대찌개를 퍼주었다.

‘허? 하하, 하하!’

그 꼴에 민진서의 속이 부글부글 끓어오른 건 말할 필요도 없었다.

식사시간 내내 그리 많은 말이 돌진 않았다.

정민아와 민진서는 서로에 대해 궁금하지도 않았는지 별

로 말이 없었다.

강윤의 말에 서로가 누가 먼저랄 것도 없이 답을 할 뿐이었다.

말 그대로 살얼음판!

'애들이 사이가 이렇게까지 안 좋았나?'

찌개를 계산하며 강윤은 당혹스러운 생각이 들 정도였다.

가게 앞에서 민진서가 시계를 보더니 덤덤히 말했다.

"선생님, 전 가봐야 할 것 같아요."

"벌써?"

"……네. 비행기 시간이 얼마 안 남았거든요."

"매니저는?"

"……."

민진서는 고개를 흔들었다.

없다는 뜻이었다.

그러자 강윤이 걱정스러운 표정으로 말했다.

"태워다줄게."

"괜찮아요. 택시 타고 가면 되니까……."

"아니야. 지금 바로 가야 하지? 같이 가자."

민진서는 못 이기는 척 강윤의 뒤를 따랐다. 그녀는 핸드폰으로 뭔가를 입력하며 그의 뒤를 따랐다.

강윤이 앞서 갈 때, 정민아가 민진서의 옆에서 홀로 투덜거렸다.

"이 여우 진짜……."

"……언니도 만만치 않아요."

"뭐라고?!"

두 사람의 눈에서 불꽃이 튈 때, 강윤이 뒤돌아보았다.

"얘들아, 빨리 와."

"네."

언제 그랬냐는 듯, 두 사람의 눈에서 전기가 흘렀다.

'……빨리 여기로 와야지 혼자 못 놔두겠어. 무리를 해서라도…….'

정민아를 보니 도무지 안심이 되지 않았다.

강윤의 뒤를 따르며, 민진서는 입술을 살짝 깨물었다.

그때.

"아저씨. 저도 같이 가도 돼요? 공항에서 혼자 오시려면 심심하잖아요."

정민아가 웃는 얼굴로 '난 아무것도 몰라요'라는 얼굴로 강윤에게 물었다.

'이게 진짜?!'

민진서의 얼굴이 순간 야차와 같이 된 건 말할 필요도 없었다.

'진서한테도 신경 써야지.'

강윤은 정민아의 제안에 괜찮다며 고개를 흔들었다.

여기서 '알았어'라고 답했다간 바보가 된다.

"마음만 받을게. 너도 피곤할 텐데."

"괜찮아요. 전 젊잖아요. 아직 팔팔해요."

강윤의 마음과는 다르게 정민아는 어떻게든 따라붙을 기세였다.

한번 마음먹으면 물러날 기세를 모르는 그녀였지만 이번만은 강윤도 물러날 수 없었다.

"진서하고 개인적으로 할 이야기가 있어서 그래. 알았지?"

"……쳇."

정민아는 마음에 안 든다는 얼굴로 두 사람을 바라보더니 이내 알았다는 듯, 활짝 웃어보였다.

"진작 말씀하시지. 괜히 제가 눈치 없게 따라붙은 여자 같잖아요."

'맞거든요?'

민진서는 차마 속마음을 이야기하진 못하고 뚱한 눈으로 정민아를 바라보았다.

그녀의 마음과는 달리 강윤은 반대되는 이야기를 하고 있었지만.

"아니야. 마음 써줘서 고마워."

"아니에요. 진서야, 조심해서 가. 다음에 보자. 그럼 저 가볼게요."

정민아는 눈치 없이 행동한 것이 미안하다는 듯, 꾸벅 인사하고는 빠르게 사라졌다.

"하여간, 에너지가 넘친다니까."

"……선생님."

강윤이 정민아의 달려가는 모습을 보며 중얼거릴 때, 민진서가 음험한 목소리를 내며 강윤 옆으로 다가섰다.

심상치 않은 기색을 느끼지 못했는지, 강윤은 부드럽게 말했다.

"이제야 둘이 되었구나."

"……그러게요."

"빨리 가자. 비행기 놓치겠다."

강윤은 민진서와 함께 차에 올라 서둘러 공항으로 향했다.

연인들의 차 안은 화기애애한 법이다.

하지만 두 사람의 시간은 생각만큼 밝지 않았으니…….

"중국에서 별다른 일은 없었어?"

"네."

"이번에는 맛있는 것도 많이 먹었다며?"

"네."

"황성하고 촬영한다며? 어때? 연기 잘해?"

"네."

안부를 묻는 강윤에게 민진서는 '네'만 연발하며 창 밖에서 시선을 거두지 않았다.

누가 봐도 '나 당신한테 불만 있음'이라는 제스처였다.

그걸 눈치챘는지 강윤도 조심스럽게 물었다.

"진서야."

"네."

"왜 그래? 무슨 기분 나쁜 일 있었어?"

"아니요."

"……."

그걸 몰라서 묻는 건가.

다른 여자랑 시시덕거리고선 뭐가 좋은지 웃고 있으니…….

질투에 눈먼 모습을 보이고 싶지 않아 창밖에서 시선을 돌리지 못했다.

그 모습에 강윤은 뭔가 마음이 꼬여 있다는 걸 눈치채고는 차분히 대화를 풀어나갔다.

"진서 오자마자 2시간도 안 돼서 돌아가야 하네. 진짜 힘들겠다."

"……조금요."

"미안해. 네가 오는 걸 알았으면 좀 더 신경을 많이 썼을 텐데."

엄밀히 말하면 이건 강윤 잘못이 아니었다. 갑자기 찾아온 자신이 실수한 것이지.

하지만 그런 것조차 자신의 탓으로 돌리는 강윤의 말에 민진서는 순간 움찔했다. 하지만 이 정도로는 안 된다는 생각에 그녀는 미동하지 않고 창밖에서 시선을 떼지 않았다.

"힘들게 왔어도 단둘이 밥 한 끼 먹는 것도 쉽지 않네."

"……."

"당분간은 어쩔 수 없다는 걸 알면서도 아쉽네. 지금 네 위치가 열애설에 아주 민감할 때니 말이야. 너를 생각하면 그때 마음 가는 대로 행동한 것이 잘한 건지…… 지금도 잘 모르겠어. 어른스럽지 못한 것 같고…….”

강윤은 짙은 한숨을 내쉬었다.

그러자 민진서가 조근조근 말했다.

“……그때 무슨 일이 일어나도 후회하지 않겠다고 서로 약속했잖아요.”

“그랬지. 하지만 나 때문에 너한테 무슨 일이 생기면 내 마음이 좋겠니?”

“……저는 아무래도 상관없어요. 어떤 일이 벌어져도.”

민진서는 그제야 강윤 쪽으로 눈을 돌렸다.

“전 제 꿈을 사랑해요. 하지만 그 꿈을 찾게 해준 선생님도 그에 못지않게…… 사랑해요. 그러니까 둘 다 놓치지 않을 거예요. 선생님도 그렇게 해주겠다고 약속했잖아요.”

“그랬지.”

“그거면 됐어요. 전 선생님을 믿어요. 안 좋은 일이 벌어져도 전 후회하지 않을 거예요.”

민진서는 기어변속기에 올라가있는 강윤의 손을 감싸 쥐었다.

그녀의 눈은 강한 의지로 빛나고 있었다.

‘나도 흔들리지 말아야겠구나.’

강윤은 손에서 느껴지는 따스한 체온을 느끼며 마음을 강하게 다져 나갔다.

“안녕히 계세요~”

청소를 끝낸 학생들에게 손을 흔들며 배웅을 한 인문희는 교실에서 본격적으로 잡무에 돌입했다.

‘교사는 쓸데없는 잡무가 너무 많아.’

가르치는 일에만 집중해도 모자랄 시간에 무슨 행정사무가 이리도 많은지.

교육자료 만드는 일도 만만치 않은데 태반을 행정사무에 써야 했다.

행정을 위한 문서를 만들며 인문희는 한숨을 쉬었다.

한참 일을 하고 있을 때, 문을 두드리는 소리가 났다.

“인 선생. 이쪽으로.”

인기척에 고개를 드니 민머리에 사나운 인상을 한 공포의 교감이 서 있었다.

그는 인문희에게 약간 까맣게 물든 손가락을 보이며 쓴 표정을 지었다.

“교실이 너무 더러운 것 아닙니까?”

“네? 청소 다 한 건데…….”

“쯧쯧. 이런 곳에서 애들이 공부하니 건강이 안 좋아지는 거예요. 빨리 청소하세요.”

“네? 아, 네…….”

저 문어 대가리가 십중팔구 문틀을 손가락을 문질러본 것이 분명했다.

문틀에 저 정도 먼지는 어느 교실이나 다 있었다.

이건 트집이었다.

'하아…….'

한숨을 쉬며 인문희는 물티슈를 꺼내 문틀을 닦기 시작했다.

그런데 거기서 끝이 아니었다.

교감은 교실에 들어오더니 뒤의 게시판을 보며 혀를 찼다.

"게시판을 좀 더 산뜻하게 좀 바꿔보는 것이 어떨까요?"

"게시판 말씀이신가요? 그거 어제 다 새로 간 것들인데……."

"너무 애들 티가 나는군요. 초등학생보다 유치원생 느낌이 강해요. 지저분하고."

인문희는 기가 막혔다.

어제 늦게까지 남아서 나무 모양으로 종이를 오려 붙이고, 사과와 포도 등 다른 과일 모양도 만들어 게시판을 꾸몄다.

아이들도 만족했건만 이젠 교감이 난리였다.

하지만 직위가 깡패라고 인문희는 부글부글 끓는 속을 잠재웠다.

"……알겠습니다."

"그리고 이따 내 자리에 와 봐요."

"알겠습니다. 무슨 일인지 여쭤 봐도 될까요?"

"교육청에 공문을 보내야 하는데…… 오탈자하고 글씨체 수정 좀 부탁해요."

"……."

평소보다 교감이 심하게 인문희의 멘탈을 뒤흔들고 있었다.

♪ ♬ ♩ ♫ ♪

"늦었구나."

"……죄송합니다."

헐레벌떡 스튜디오에 뛰어 들어온 인문희는 강윤에게 미안해 어쩔 줄을 몰랐다.

어제와 그제는 아예 회사에 나오지도 못했기에 오늘은 기를 쓰고 출근을 했다.

쌀쌀해지는 날씨였지만, 인문희의 이마에는 땀이 주르륵 흐르고 있었다. 힐을 신고도 열심히 뛰어왔다는 반증이었다.

"요새 학교가 많이 바쁜가 보구나."

"……학교일 때문에 여기에 폐를 끼치면 안 되는 건데. 정말 죄송합니다."

"아니야. 이런 경우는 어쩔 수 없는 거잖아."

강윤은 인문희를 소파에 앉히고는 물을 가져다주었다.

인문희는 단번에 1.5리터 물을 절반이나 비워 버리고는 숨을 돌렸다.

"감사합니다. 휴우."

"그래. 한숨 돌리고 연습할까?"

"네."

강윤은 평소처럼 연습 준비를 서둘렀다.

이틀이나 쉬었기에 오늘 연습은 좀 더 많이 할 거라는 말도 잊지 않았다.

곧 인문희는 연습을 시작했다.

"흔들리는- 내 마음은-"

부스 안에서 눈을 감으며 그녀는 목소리를 높여갔다. 듣기 좋게 꺾이는 목소리가 스튜디오 안에 울려 퍼지며 그녀가 만들어내는 음표들이 빛을 만들어갔다.

그런데…….

'이런…….'

강윤은 갑자기 드는 찐득한 느낌에 몸서리를 쳤다. 회색빛에서 느껴지는 기운이었다.

분명히 트로트였건만, 인문희는 회색빛의 노래를 부르고 있었다.

'감정과잉인가? 아니면 다른 문제가 있나?'

이틀 만에 연습을 해서 문제가 생긴 건지, 아니면 뭔지.

하얀빛 아니면 은색도 간간히 만들어내던 그녀건만.

강윤은 의아한 생각이 들었다.

결국 몇 곡이나 회색의 향연이 이어지자 강윤은 그녀를 부스 밖으로 불러냈다.

"문희야. 오늘 컨디션이 영 안 좋은 것 같은데?"

"……."

인문희는 고개를 깊이 떨어뜨렸다.

사실, 그녀가 듣기에도 원하는 만큼 목소리가 나오지 않았다.

강윤은 그녀의 우울한 표정을 보고는 휴식을 선언했다.

그러자 그녀는 쳐진 어깨로 소파에 털썩 주저 앉아버렸다.

그녀의 기운 없는 모습을 마주하며 강윤이 물었다.

"학교에서 안 좋은 일 있었어?"

"아니요. 그건 아닌데……."

"말하기 힘든 거야?"

"……그런 건…… 아니에요. 괜찮습니다."

인문희는 무릎 사이로 얼굴을 묻으며 강윤의 말을 넘겼다.

학교에서 교감의 날선 시선을 접하다 강윤 같은 상사를 접하니 순간 가슴에서 뭔가가 올라오는 기분이었다.

강윤은 그녀 옆에 앉아 등을 다독여 주었다.

"힘든 일이 있었나 보네."

"……."

등가에 느껴지는 강윤의 손길은 따뜻했다.

사실 지금 화를 내야 할 사람은 강윤이었다. 집중도 제대로 못한다며, 투자한 게 얼만데 그것밖에 못한다는 말을 들어도 할 말이 없었다.

그런데 오히려 그는 그녀를 위로하고 힘을 북돋아 주고 있었으니…….

말도 안 되는 이유를 갖다 붙이며 트집이나 잡아대는 교감과 크게 비교가 되고 있었다.

"……흑."

결국, 인문희는 등을 들썩이기 시작했다.

강윤은 말없이 그녀를 다독이며 부드럽게 말했다.

"학교에 연습에, 힘들 만하지. 잘하고 있었어."

"……죄송, 죄송해요. 제, 제가 원래 이런 사람이 아닌데."

"괜찮아."

괜찮다는 말에 그녀의 속에서 뭔가가 터져 나왔다.

심하게 등을 들썩이며 그녀는 무릎을 적셨고, 강윤은 옆에서 티슈를 꺼내 준비했다.

얼마나 시간이 지났을까.

"……죄송합니다. 추한 모습을 보였어요."

인문희는 붉어진 눈을 티슈로 닦으며 살짝 고개를 숙였다.

"괜찮다니까. 이 일은 두 사람만 아는 걸로 끝내자."

"……네. 선배님들 말이 맞았네요."

"애들이 무슨 말 했어?"

강윤이 의아해하며 묻자 인문희가 턱에 손을 올리며 답했다.

"한유 선배는 하고 싶은 노래를 하게 해주는 사장님이라며 믿을 수 있는 사장님이라 했고, 지민 선배는 은인이면서 아빠 같은 사람이라며 말이 필요 없는 사람이라고 했죠. 또 재훈 선배는……."

"그만그만. 손발이 오그라든다."

"하하하."

인문희는 그제야 활짝 웃어보였다.

“아무튼 저도 이제야 사장님이 어떤 분인지 조금은 알 것 같아요.”

“어떤 사람인데?”

“……음, 따뜻한 사람?”

강윤은 피식 웃었다.

마음 한편에 훈풍이 불면서 손발이 오그라드는 기분은 말로 형용하기 힘들었다.

이제 중요한 걸 물어야 할 때가 되었다 싶은 마음에 강윤은 인문희와 눈을 마주했다.

“그렇군. 문희야.”

“네, 사장님.”

“그렇다면 날…… 믿고 따라올 수 있겠어?”

이쯤이면 됐다고 생각한 걸까?

강윤은 조금 뜸을 들이다 힘 있는 어조로 물었다.

날 믿고 함께한다면 반드시 가수가 되게 만들어주겠다. 메시지에는 이런 뜻이 담겨 있었다.

망설임 없이 그녀는 차분한 음성으로 답했다.

“……사실 망설임이 있었어요. 교사일이 싫은 건 아닌데, 그렇다고 행복하다고는 이야기하지 못했었거든요. 하지만 무엇과도 비교하기 힘든 안정이 있었죠. 그걸 포기하는 건 쉬운 일이 아니라 생각했어요. 하지만…….”

그녀의 목소리에 힘이 들어갔다.

"사장님과 함께라면 이 안정을 포기할 수 있을 것 같아요. 에이, 어차피 인생 한방이잖아요? 저 정말 큰 거 포기하는 거예요. 저, 크게 만들어주실 수 있죠?"

강윤도 강하게 고개를 끄덕였다.

"물론. 세상 모든 사람들이 네 이름을 알게 해줄게."

"그 말씀, 녹음할 거예요."

"그렇게 해. 난 내 말에 꼭 책임지는 남자야."

인문희는 강윤이 내민 손을 굳게 맞잡았다.

3개월의 시간이 지나고, 인문희가 정식으로 월드엔터테인먼트에 합류한 순간이었다.

"인 선생. 이게 뭐죠?"

아침 교무회의가 끝나고, 교감은 인문희가 책상 위에 올려놓은 사표를 보며 어이가 없는지 눈을 껌뻑였다.

"보시는 그대로입니다. 사표예요."

"사표? 하, 사표오?"

햇빛에 반사되는 머리를 긁으며, 교감은 어이없다는 듯 코웃음을 쳤다.

"인 선생. 그동안 일 좀 했다고 이러는 것 같은데 사회생활을 그렇게 막하면 안돼요. 조금 힘들다고 고생해서 들어온 직장을 나가려 하다니요."

“그동안 깊이 생각했고, 심사숙고해서 내린 결정입니다.”
“이봐요. 인 선생.”
교감은 기가 막혔다.
이 맹한 아가씨가 지금 무슨 짓을 하는 건지. 도저히 이해가 가질 않았다.
혹여나 교육청에 자신을 고발이라도 하는 건 아닐까? 교장의 자리를 노리는 그로선 털면 나올 게 상당히 많았다.
순간 등골이 오싹해졌다.
‘아침부터 날 시험하는 건가? 시위하는 건가? 아냐, 그럴 리가.’
교감의 아미가 복잡함에 일그러져 갔다.
인문희를 수업 중에 불러내서 화단 청소를 하게 했지만 이건 화단이 너무 더러웠기에 한 일이었다. 방과 후 학교를 떠맡긴 경우는 지원자가 너무 없어서 어쩔 수 없이 막내인 그녀에게 하게 한 것이었다.
그 외, 막내로서 할 일들을 준 것뿐이건만!
“애들 방학도 얼마 안 남았는데 이런 시위는 보기 안 좋아요.”
“올해 애들 졸업은 다 시키고 그만두겠습니다. 걱정 안 하셔도 됩니다. 단순한 시위가 아니에요.”
“인 선생. 지금 그게 문제가 아니잖아.”
교감의 입에서 결국 반말이 터져 나왔다.
겉으론 사표를 내려고 하는 인문희에 대한 걱정이었지만,

실제로는 학교를 그만두는 인문희가 교육청에 자신을 고발하는 것이 아닐까하는 두려움이었다.

"큰 문제는 아니지요. 교감 선생님께서 교장이 되시려는 것 외에 큰 문제가 있겠어요."

"인 선생. 지금 그건 무슨 무례지요?"

속마음을 들킨 사람은 무섭게 변하는 법이다.

교감도 크게 다르지 않았다.

순간 큰 소리가 터져 나와 주변의 이목이 쏠렸지만 인문희는 태연히 말을 이어갔다.

"죄송해요. 제가 실언을 했어요. 하긴, 교감 선생님이 출세에만 눈이 멀어서 아랫사람을 쪼기만 하는 소인배일 리가 없는데. 그렇죠?"

"인 선생."

교감이 인문희를 노려볼 때, 그녀가 책상 위에 양손을 올리며 그에게 얼굴을 가까이 가져갔다.

"교감 선생님께서 저한테서 가져갔던 방과 후 학습 운영비. 그거 이번에 교육청에 가져갈 생각이에요."

"뭐, 뭐라고? 잠깐, 인 선생."

"그러니까 저 건들지 마세요. 교.감.선.생.님."

인문희는 그에게서 얼굴을 떨어뜨리고는 활짝 웃으며 사표에 손바닥을 쾅 내려치고는 자리로 돌아갔다.

그 패기에 사람들 주변의 모두가 놀랐는지 눈을 휘둥그레 떴다.

"인 선생, 오늘 왜 저래?"

"몰라. 그날인가?"

"그날이 되면 여자는 액션가면이라도 쓰는 거야?"

영문을 모르는 동료 교사들이 수군거리기 시작했고, 교무실은 웅성거림에 시장바닥이 되었다.

"수업들 안 갑니까!"

"네!"

물론, 그 수군거림은 교감의 윽박지름에 순식간에 사라졌지만.

'으으으으으…… 저년이! 순둥이인 줄 알았건만!'

삽시간에 비어버린 교무실에서, 교감은 온몸을 와들와들 떨며 분함을 감추지 못했다.

사표가 수리되는 2개월 동안, 인문희를 어쩌지 못하는 것이 화가 나서 견딜 수 없었다.

5화
모든 것은 이용할 가치가 있다

한창 때의 남녀가 서로 끌리는 것은 본능이다.

어느 분야든 어떤 장소든, 이성은 서로를 끌어당기는 마력이 있다.

그렇기에 어떠한 형태로든 교제는 존재하게 마련이고 큰 영향을 미치게 마련이다.

인적 드문 한강 다리 밑의 차 안.

에디오스의 한주연과 윤슬엔터테인먼트 소속 가수, 헤로이의 리더 두창수는 대화를 나누고 있었다.

"아, 기분 좋다. 모처럼 속도를 즐길 수 있어서 정말 좋았어."

한주연은 기지개를 펴며 기분 좋은 미소를 지었다.

"언제라도 부르라고. 너한테는 항상……."

"그런 말은 썸 타는 애들한테 해요."

"하핫. 우리 썸 타는 거 아니었나?"

두창수가 씨익 웃자 한주연도 마주 웃으며 답했다.

"글쎄요? 아직은?"

"하하하."

애매한 답에 두창수는 널찍한 어깨를 으쓱였다.

몰래몰래 즐길 것 다 즐긴다는 아이돌들이었지만, 에디오스는 언제나 예외라 불렸다.

그런데 그 에디오스의 멤버가 눈앞에 있으니.

남자라는 생물이 높은 산일수록 더 오르고 싶어 하는 법이다.

"잠깐 바람이나 쐴까?"

검은 속을 감춘 두창수가 차에서 내리자 한주연도 그와 함께 차에서 내렸다.

찰칵! 찰칵!

그때, 어디선가 작은 소리가 들려오더니 타다닥 하는 소리가 들려왔다.

"오빠, 무슨 소리 못 들었어요?"

"글쎄?"

두창수가 고개를 갸웃거리자 한주연도 곧 의심을 거두었다.

'별거 아니겠지?'

설마, 무슨 일이 있을까?

걱정하는 것보다 지금은 그녀도 잠시의 일탈을 즐기고 싶은 마음이 더 강했다.

다음 날.

11월 중순.

조금 늦었지만 강윤은 월드엔터테인먼트의 모든 연예인들과 직원들을 스튜디오에 모이게 했다. 1달마다 한 번씩 열리는 회의 때문이었다.

"다 모였나?"

"아직 이사님이 안 오셨습니다."

강윤의 물음에 정혜진이 답했다.

이현지가 조금 늦을 거라는 걸 미리 들은 강윤이기에 괜찮다 말하고는 바로 회의를 시작했다.

"2월에는 재훈이 콘서트가 있을 거야. 에디오스도 내년 봄에 앨범을 낼 거고…… 은하는 좀 더 보고 결정하는 게 좋을 것 같아. 하얀 달빛은 지금처럼 쭉 가면 되고. 큰 틀은 이런데 좋은 생각들 있으면 말해 줘."

강윤의 물음에 김지민이 말했다.

"저 언니들하고 활동 시기가 겹쳐도 괜찮을까요?"

"컨셉이 아예 다르니까 큰 상관은 없을 거야. 잠깐만. 아, 봄도 괜찮겠다. 스무 살의 봄? 이런 걸로? 어때?"

"좋은데요?"

"알았어. 그럼 나중에 자세히 이야기하자."

"네."

강윤은 가수들의 스케줄에 대해 이야기하며 월드엔터테인먼트가 하는 일들을 자세하게 이야기했다. 직원들은 회의록을 작성하며 필요한 것들을 체크해 나갔다.

특히 강윤이 파인스톡과 공동사업을 추진하며 음악 감상 플랫폼을 만들 거라는 말과 본격적으로 배우 양성을 위한 사업이 추진된다는 이야기에 연예인들의 눈이 휘둥그레졌다.

"……우와. 진짜 거대 기업이 되가는 것 같아요."

정민아가 놀랐는지 입을 쩍 벌리자 강윤이 웃으며 답했다.

"모두가 열심히 해줘서 가능했어. 너희들도 열심히 하는데 나도 열심히 해야지. 지금 일들이 빛을 보려면 시간이 좀 더 걸리겠지만, 모두한테 좋을 거야. 다음 달에는 배우들을 담당할 분도 올 거야. 이 일이 잘되면 뮤직비디오나 뮤지컬에도 도움 받을 수 있을 테니까 잘 지냈으면 좋겠어."

"네."

모두의 반응은 다양했다.

에디오스 멤버들은 '이 정도는 당연하다'는 반응이었고 김재훈은 조금 놀란 듯한 모습이었다. 하얀달빛 멤버들은 저들끼리 '앞으로 이렇게 될까'라며 토론을 벌였다.

'……히끅.'

막내 김지민은 너무 놀라 딸꾹질을 했다.

"궁금한 이야기들은 개인적으로 와서 물어보도록 하고."

그렇게 강윤이 회의를 마무리하려 하는데, 스튜디오 문이 덜컥 열리며 이현지가 뛰어 들어왔다.

그녀의 얼굴은 드물게 잔뜩 상기되어 있었다.

"이사님?"

"사, 사장님! 헉, 헉……."

언제나 차분한 이현지였기에 강윤도 놀랐다.

이현지의 헝클어진 모습에 직원들과 연예인들까지 동요하기 시작했다. 그걸 안 강윤은 그녀에게 다가가 차분히 말했다.

"이사님. 잠시 숨 고르고 이야기하죠."

"아, 네……."

그제야 사람들을 의식한 이현지는 길게 숨을 내쉬었다.

조금 진정된 그녀는 핸드폰을 꺼내 강윤에게 보여주었다.

–에디오스 주연, 헤로이 리더 테이와 한밤의 데이트 즐겨. 핑크빛 기류?

강윤의 눈썹이 꿈틀댔다.

그의 반응에 직원들이 궁금했는지 그에게 다가오려하자, 강윤이 핸드폰을 내려놓으며 말했다.

"오늘 회의는 여기까지 하자. 그럼 수고해."

"네."

모두가 의아해했지만 이내 스튜디오를 하나둘씩 떠나갔다.

연예인들이 하나둘씩 스튜디오를 나서는데, 강윤이 한주연을 붙잡았다.

"주연인 잠깐 이야기 좀 할까? 민아도 남고."

"네."

잠시 후.

네 사람은 스튜디오 한편에 있는 소파에 마주앉았다.

"일단 보고 이야기하자."

강윤은 핸드폰 기사를 그녀들에게 보여주었다.

"한주연! 너!"

기사를 보자마자 정민아는 눈가를 파르르 떨며 자리에서 벌떡 일어났다.

예랑엔터테인먼트의 사장실에서는 웃음꽃이 피어나고 있었다.

"하하하하. 수고하셨습니다. 이거 신세를 지는군요. 다음에 제가 크게 한번 대접하겠습니다. 네, 네. 하하하."

수화기를 든 강시명 사장은 시원시원하게 웃음을 터뜨렸다. 그러더니 술자리 약속을 잡고는 통화를 마쳤다.

"헤로이 이것들이 일본에서 골칫거리였는데, 이걸로 당분간 활동하기 힘들겠네. 그러게 왜 꼬투리를 제공하나. 에디오스까지 위축되면 우리 WINCLE 애들도 활동하기 좋겠군. 하하하."

기쁜 마음에 그는 차를 들고 온 비서에게 용돈까지 주는 큰 씀씀이를 보였다. 비서는 몇 번이나 사양하다 용돈을 받아 들고는 밖으로 나갔다.

–에디오스 주연, 헤로이 테이 한강의 드라이브?

–테이와 주연, 소속사를 넘는 사랑의 탄생?

그의 모니터에는 열애설을 모락모락 태우는 기사들과 팬들의 반응들로 가득 채워져 있었다.

♪♬♩♪♫♬♩♪

"야, 이 미친 새끼야! 이 중요한 시기에…… 네가 사람이냐? 어?!"

추만지 사장은 눈앞의 근육질의 남자에게 드물게 욕설을 하며 눈을 부라렸다.

하지만 근육질의 남자, 두창수는 강한 어조로 반박했다.

"사, 사귀거나 한 건 절대 아닙니다. 그냥 가볍게 드라이브만……."

그 말에 추만지 사장이 자리에서 벌떡 일어나며 손가락질을 했다.

"누가 사귀었다고 그래? 왜 걸려 가지고 이딴 기사나 터뜨리고 다니냐고? 너 저번에 CCR의 걔 누구지, 아미였나? 걔랑 잤다고 내가 뭐라 한 적 있냐?"

"……없습니다."

"그때는 왜 그랬을까?"

"그건……."

추만지 사장은 짧게 한숨을 쉬었다.

"……안 걸려서 그런 거잖아. 내가 여자 만난다고 뭐라 하니? 왜 긁어 부스럼을 만들어? 이번에 이탈할 팬들 어떻게 할 건데? 게다가 일본 팬들은 이런 거에 민감한 거 몰라? 가뜩이나 일본에서 예랑 것들이랑 경쟁하느라 출혈이 심한데, 거기에 이런 사건까지 터졌으니…… 게다가 에디오스는 왜 건드려? 내가 월드 애들이랑은 친하게 지내야 한다고 말 안 했냐?"

"저 아직 아무것도 안 했습니다……."

"시끄러워. 당분간 다리 그만 놀리고 어디 박혀 있어. 어휴."

두창수는 조심스럽게 사장실을 나섰다.

"……당분간 근신하면서 잊혀지길 기다려야지. 예랑한테 이번 겨울 시장은 내주게 생겼군."

홀로 남은 추만지 사장은 세상이 떠나갈듯 긴 한숨을 내쉬었다.

"흑…… 흑……."

휴식 기간의 일탈이 불러온 수많은 기사들을 접한 한주연은 눈가가 그렁그렁해졌다.

동료의 눈물에 심하게 채찍질하던 정민아마저 순간 멈칫했지만, 강윤은 냉정하게 상황을 이야기했다.

"상황이 그리 좋진 않아. 윤슬 같은 경우는 타격이 만만치 않을 거야. 이번 스캔들로 공들인 일본 앨범까지 영향이 갈 테니까. 우리도 지금 팬들이 심하게 동요하고 있고…… 특히 주연이 네 팬들은 대거 이탈할 조짐을 보이고 있어.

"흑흑…… 흑."

"이게 아이돌이 열애설에 휩싸이지 말아야 할 이유야."

한주연의 흐느끼는 소리가 더 커져 갔다.

강윤의 냉정한 말에 자신이 무슨 일을 했는지 그제야 절절히 느낄 수 있었다.

오랜 기간 가수생활을 해오며 받은 스트레스를 풀어보고 싶은 생각에 저지른 가벼운 행동이 이런 결과를 만들어 낼 줄은 상상도 못 했다.

핸드폰을 이현지에게 돌려준 강윤은 차분히 말을 이어 갔다.

"실제로 사귀거나 한 건 아니라니까 변명의 여지는 있어. 하지만 한밤중 단둘이 차 안에 있었으니…… 좋은 상황은 아니야."

"하긴…… 그래도 우린 휴식기니까 조금 나은 상황 아니에요?"

정민아가 조금은 누그러진 목소리로 묻자 이현지가 답했다.

"윤슬보단 낫지. 거긴 활동 중에 불의의 일격을 맞은 것이니까. 하지만 우리도 다음 앨범에 타격이 갈 수도 있어. 주연이 네 기사가 날 때마다 '테이의 그녀'라는 수식어가 붙는다고 상상해 봐. 팬들이 좋아할까?"

"……."

한주연은 고개를 테이블에 묻어버렸다.

죄책감, 미안함 등등 모든 감정이 뒤섞이니 수습이 되지 않았다. 자신의 행동 때문에 다른 멤버들에게까지 피해가 간다니. 그건 너무 싫었다.

짝짝.

그때, 강윤이 손바닥을 세게 치며 분위기를 반전시켰다.

"질책은 이 정도면 된 것 같으니 해결책을 생각해 보죠."

그 말에 정민아가 눈을 반짝였다.

"우리 사장님은 역시 쿨해요. 최고라니까!"

"민아야. 사담은 나중에 하자."

"쳇. 칭찬을 해줘도…… 네에네에."

정민아가 분위기를 조금이라도 가볍게 하기 위해 그런 말을 한 것을 알기에 강윤은 피식 웃으며 말을 이어갔다.

"먼저 우리가 적극적으로 해명하는 것이 최우선이라 생각합니다. 가장 먼저 팬 카페에 해명을 올리도록 하죠. 주연이 네가 직접."

"……제가 직접요?"

한주연이 벌게진 눈을 들어 강윤을 바라보았다.

그러자 강윤은 당연하다며 고개를 끄덕였다.

"네가 카페에 글을 잘 안 쓰는 걸 알아. 그래서 더 효과가 있을 거야. 평소 글도 잘 안 쓰는 한주연이 사과하려고 글도 올렸다. 이런 인식을 줄 수 있겠지. 변명하지 말고, 제대로 사과하도록 해. 네 잘못은 팬들의 판타지를 깬 거야. 앞으로는 가볍게 행동하지 않겠다는 다짐을 꼭 넣고."

"……네. 알겠습니다. 또 제가 해야 할 일이 있나요?"

한주연은 빠르게 수긍했다.

강윤은 핸드폰으로 달력을 열며 말을 이어갔다.

"주연이 너보다, 에디오스 전체가 해야 할 일이 있지. 앨범 시기를 앞당기자."

"네? 앨범을요?"

강윤의 말에 이현지까지 눈이 휘둥그레졌다.

"원래 봄에 낼 앨범 아니었나요? 미루는 것도 아니고, 앞당기자니요?"

"두 가지 의미가 있습니다. 해명을 하든 어쨌든, 주연과 테이라는 검색어는 당분간 들끓을 겁니다. 그리고 사람들 마음속에 남아 있겠죠. 노이즈로 사람들에게 남은 것이죠. 기왕 이렇게 된 거, 마케팅으로 이용하는 겁니다. 크리스마스 싱글이면 딱 좋을 것 같네요."

"……앨범만 잘 뽑히면 최고겠네요. 오히려 마케팅 때문에 일부러 그런 기사 냈다고 의심을 살지도 모르겠어요. 어찌됐든 검색하고 다 들어볼 테니까요."

이현지는 손바닥을 쳤다. 사실, 스캔들은 최고의 노이즈 마케팅이었다.

정민아와 한주연이 놀라 멍하니 눈을 껌뻑일 때 강윤은 말을 이어갔다.

"스캔들이 나게 되면 스타들은 위축되게 마련입니다. 하지만 그게 거짓이라면 그럴 이유가 전혀 없죠. 휴식 기간은 줄겠지만 그 정도는 감안해야죠. 괜찮지, 민아야?"

"에휴. 속 넓은 제가 이해해야죠."

정민아는 한주연과 어깨동무를 했다.

"……고마워."

"나중에 크게 쏴라. 무조건 랍스타야."

정민아의 말에 네 사람은 크게 웃으며 회의를 마무리했다.

한주연과 정민아가 숙소로 돌아가고, 강윤은 컴퓨터로 기사를 보며 눈살을 찡그렸다.

"이사님. 지난번에 '스타프리'라는 곳에서 지속적으로 우리 애들 뒤를 캐고 다닌다고 했었죠?"

강윤의 물음에 이현지도 인상을 찌푸리며 답했다.

"네. 매니저들도 몇 번이나 몰래 취재하는 그들을 발견하고 경고를 했었다더군요. 스토커로 경찰에 잡혀가면서도 지속적으로 뒤를 캐고 다니는 지독한 인간들이죠. 그러고 보니 이번 첫 기사도 거기서 나지 않았나요?"

"맞습니다."

강윤은 잠시 생각하더니 강한 눈빛으로 이현지를 바라보았다.

"혹시 아는 변호사 있으십니까?"

"변호사요? 왜 그러시…… 아."

이현지는 강윤의 의도를 대번에 눈치챘다.

"우리 애들을 이렇게까지 건드리는데 내버려 둘 순 없잖습니까."

"제가 아는 변호사는 많이 비싼데 괜찮겠어요?"

강윤은 망설임 없이 답했다.

"얼마가 들어도 상관없습니다. 우리 애들을 건드리면 어떻게 되는지 제대로 보여줘야 앞으로 이럴 일이 없을 것입니다."

"맡겨주세요."

이현지는 걱정 말라며 엄지손가락을 번쩍 들었다.

"좋아!"

악보에 마지막 8분 음표를 그려 넣으며 희윤은 개운한 듯 기지개를 폈다.

마침표를 찍는 기분은 언제나 개운했다. 월드엔터테인먼트의 모두가 함께 불렀으면 하는 곡이 며칠 동안 씨름을 한 끝에 드디어 완성되었다.

"1달 뒤면 크리스마스니까 캐럴 느낌을 살리면 딱이겠지? 오빠가 좋아할까?"

오빠가 기뻐할 모습을 상상하며 희윤은 함박웃음을 지었다.

지난번 튠에서 본 노래에서 느껴진 기분을 이 노래에서도 느낄 수 있기를 진심으로 바랐다.

쇠뿔도 단김에 빼라고, 그녀는 바로 강윤에게 전화를 걸었다.

몇 번 신호가 가기도 전에 전화기에서 목소리가 들려왔다.

–그래, 희윤아. 무슨 일 있어?

“아니, 아. 별일 있을까?”

–뭐라고?

오해를 했는지 강윤의 목소리가 대번에 커지자 희윤은 조금 당황하며 자초지종을 설명했다.

지난번 월드엔터테인먼트 소속 가수들의 잼 영상을 보며 악상이 떠올라 곡을 만들었다고.

곡 이야기가 나오자 전화기에서 조금은 높아진 소리가 들려왔다.

–……난 또. 안 좋은 일 있는 줄 알고 놀랐잖아. 좋은 일이구나. 보내줘. 들어보고 연락 줄게.

희윤은 바로 강윤에게 파일을 전송했다.

잠시 후.

강윤에게서 전화가 걸려왔다.

–좋은 곡이네. 캐럴 같고.

“그치그치?”

오빠에게 인정을 받으니 희윤의 목소리가 높아졌다.

“저번에 튠에 올라온 영상 보고 만들었어. 우리도 MG나

예랑처럼 단체 앨범 같은 거 하나 내면 괜찮을 것 같아서 말이야."

-그래? 좋은 생각이네. 우린 가수들 성격도 다 다르니까 하나의 앨범에 담으면 차별성도 있고 좋을 것 같네.

"그치그치?"

희윤은 쉽게 이야기가 풀려가는 듯하자 신이 났다.

하지만 전화기에서는 생각지도 못한 이야기가 흘러나왔다.

-희윤아. 저 미안한데, 이번 곡은 다른 곳에 쓰면 안 될까?

"다른 곳? 어디에?"

-에디오스 크리스마스 앨범에 사용했으면 해. 마침 연락하려고 했는데 이런 좋은 곡이 있을 줄은 몰랐네.

생각지도 못한 이야기에 희윤은 당황했다.

에디오스 활동 끝난 지 얼마나 됐다고 벌써 활동을 재개한단 말인가.

"에디오스 활동 끝난 지 얼마 안 되지 않았어?"

-맞아. 그런데 이쪽에 사정이 생겨서…… 반짝 활동을 하고 이후에 좀 더 쉬는 걸로 방향을 잡아야 할 것 같아.

"그래? 아쉽네. 내가 생각했던 것하고 달라지니까……."

작곡가의 의도와 사용되는 곳이 다르니 희윤은 서운한 기색을 드러냈다. 그러자 강윤이 부드러운 어조로 그녀를 달랬다.

-다른 곳에 사용해도 될 정도로 곡이 좋아. 원래는 이런

식으로 사용하면 안 될 것 같지만 사정이 여의치 않아서 말이야. 먼저 준비해 준 덕분에 여기서 준비할 시간이 많이 줄어들 것 같아. 고마워. 미안하고.

"……괜찮아. 도움이 됐다니 다행이야. 곡이야 또 만들면 되니까."

오빠에게 도움이 되었다면 그걸로 되었다.

희윤은 강윤에게 미국에는 언제 올 거냐며 일정을 묻고는 통화를 마쳤다.

"악상이 쉽게 떠오르는 아닌데…… 어쩐다."

희윤은 머리도 식힐 겸 TV의 전원을 켰다.

♪

한주연과 헤로이의 리더 테이의 열애설이 터진 이후.

에디오스의 숙소에는 한주연을 촬영하기 위해 취재진들과 팬들이 몰려들었다.

"이야, 사람 진짜 많네, 많아."

에일리 정은 창밖으로 몰려든 사람들을 내려다보며 기찬 한숨을 내쉬었다.

반면에 거실에 누워 TV를 보던 크리스티 안은 심드렁하게 말했다.

"저 사람들이 저건데 당연한 거지. 주연인 뭐해?"

"방에 엎드려 있어."

"……괜찮다니까 애도 참."

크리스티 안은 고개를 흔들었다.

모두에게 폐를 끼쳐 미안하다는 말과 함께 한주연은 식사도 하지 않고 자신의 방에서 나오지도 않고 있었다.

"남자 한번 만나는 게 무슨 죄라고."

"죄지."

"……가끔 에일리 너하고 말하다 보면 섬뜩한 거 아니?"

"헷, 그래?"

두 사람이 티격태격하고 있을 때, 벨 누르는 소리가 들려왔다.

크리스티 안이 무겁게 몸을 일으켜 인터폰을 보니 김대현 매니저와 강윤이 서 있었다.

1시간 전에 이미 강윤이 방문한다는 말을 전달받았기에 모두가 화장도 하고 준비를 하고 있었다.

잠시 후.

거실에 강윤과 에디오스 멤버 전원이 모여 앉았다.

"회사로 오라고 할 만한 상황이 아닌 것 같아서 직접 왔어."

강윤은 밖에 모인 사람들을 가리켰다.

그러자 한주연의 고개를 깊이 떨어뜨렸다. 얼마나 울었는지 그녀의 눈은 통통 부어올라 있었다.

정민아가 한주연을 끌어안으며 강윤에게 물었다.

"사장님, 저 사람들 때문에 불편해서 죽겠어요. 앞뒷문 다

막혀서 연습 가려면 담 넘어야 해요. 으……."

"어제 새로 뽑은 차가 왔어. 선팅도 다 했고. 그거 타고 연습하러 가면 될 거야. 당분간은 대현 팀장님이 관리해 주실 거야. 일주일 정도는 불편할 테니까 참도록 하자."

"네. 아, 저 할 일 없는 인간들……."

정민아는 투덜거렸다.

언제나처럼 그녀는 직설적이었다. 그녀의 말에 몇몇 멤버들은 킥킥거렸다.

강윤도 피식 웃으며 말을 이어갔다.

"그래도 조금씩 수습되어 가고 있어. 주연이가 팬 카페에 글도 잘 올렸잖아. 반신반의하는 분위기지만 그래도…… 논란을 만들었으니까 이 정도는 감수해야지. 당분간은 조심하자. 구설수에 오르지 않도록."

"네."

모두가 힘차게 대답하니 강윤은 본격적으로 앨범에 대한 이야기를 시작했다. 오늘 이곳에 온 이유가 이것 때문이었다.

그는 거실에 있는 오디오에 희윤에게서 받은 곡을 재생했다.

화려한 피아노의 다양한 소리들이 거실을 울리자 에디오스 멤버들은 진지하게 음악에 귀를 기울였다.

'캐럴?'

종소리만 넣으면 바로 캐럴이라고 인식할 법한 피아노곡

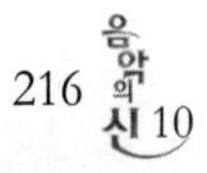

이었다.

모두가 같은 생각을 하며 곡에 집중하다 보니 순식간에 곡은 흘러갔다.

"어때?"

곡이 끝나고, 강윤이 묻자 크리스티 안이 답했다.

"크리스마스 곡인가요?"

"맞아. 느낌은 어때?"

"괜찮은데요. 좀 더 강약이 가미되면 정말 좋을 것 같아요."

강윤도 그녀의 말에 동의했다.

"내 생각하고 같네. 일단 이 곡으로 편곡을 시작할 거야. 12월 초부터 25일까지 엄청나게 바쁜 활동을 하게 될 거니까 너희도 준비를 많이 해놔야 해. 알았지?"

"네."

회의는 그리 길지 않았다.

강윤은 정민아에게 한주연을 잘 챙기라 당부하고는 서한유에게로 눈을 돌렸다.

"한유는 잠깐 나 좀 볼까?"

"네."

강윤은 그녀와 함께 따로 방으로 들어갔다. 지난번 믹싱 기계들을 설치한 그 방이었다.

그는 기계들을 어루만지며 말했다.

"이번 곡 마스터링은 직접 해봤으면 좋겠어."

"제가요? 아직 제 실력이 안 될 텐데……."

서한유는 힘들 것 같다며 고개를 흔들었다.

마스터링은 듣는 귀와 경험이 필수다. 그런데 경험이 일천한 자신이 그게 되겠냐며 의문을 제기했다.

그러자 강윤이 웃으며 답했다.

“당연히 같이 해야지. 전적으로 혼자 하라는 게 아니니까 걱정 마.”

“아, 그래요?”

“이번 앨범에 네가 마스터링에 참여했다고 홍보를 할 거야. 그게 필요한 거야.”

“그런 게 효과가 있어요?”

강윤은 당연하다며 서한유의 어깨를 두드렸다.

“물론이지. 항상 노력하고 발전한다. 사람들이 에디오스의 ‘서유’를 좋아하는 이유지. 한번 팬이 되면 이탈이 가장 적은 사람이 한유 너잖아.”

“그건…… 그렇죠.”

서한유도 그게 자랑스러운 듯, 살짝 얼굴을 붉혔다.

“계속 준비하고 있어. 나중에는 프로듀싱도 할 수 있도록 말이야. 혹시 알아? 프로듀서가 될 수도 있을지?”

“에이, 말도 안 돼요.”

“어? 할 수 있다니까.”

서한유가 쉽지 않을 거라며 손을 내저었지만 강윤은 가능성을 믿으라며 용기를 북돋아주었다.

에디오스 숙소에서 나온 강윤은 바로 다음 약속 장소로 향했다.

시간은 초저녁이었지만 약속 장소인 고급 술집은 이미 손님을 맞은 준비를 단단히 하고 있었다.

"어서 오십시오."

직원은 강윤을 정중히 맞아 그를 기다리고 있는 손님에게로 데려다 주었다.

"이 사장님."

그를 기다리고 있는 이, 광대가 도드라지는 추만지 사장이었다.

스캔들 때문에 마음고생을 했는지 오늘따라 그의 광대가 더욱 도드라져 보였다.

악수를 하고 간단하게 술잔이 나눈 후, 바로 용건이 오가기 시작했다.

"……제가 단속을 잘했어야 하는데, 면목이 없습니다."

추만지 사장은 강윤의 빈 잔에 술을 따르며 착잡한 어조로 말했다.

강윤도 그에게 잔을 채워주며 씁쓸한 어조로 답했다.

"저야말로 죄송합니다. 서로에게 마음이 쏠리는 문제를 쉽게 어쩔 수 있는 건 아니지만, 결국 책임은 관리자에게 있는 거니까요."

"……한 대 태우시겠습니까?"

강윤은 추만지 사장이 건넨 담배를 받았다. 불을 붙여주며 강윤이 말했다.

"일은 벌어졌고, 수습을 하는 게 더 심각한 문제라고 봅니다. 일본에서 앨범도 내지 않았습니까."

"……지금 그게 문제입니다. 헤로이가 10대, 20대 팬층이 많아서 이번 스캔들이 꽤 충격으로 다가왔던 모양입니다. 게다가 이번에는 기사도 막지 못했습니다. 첫 기사야 어쩔 수 없다 하지만 후속 기사들은 최소한으로 줄여볼 생각이었는데 어디서 손이라도 쓴 건지 방법이 없더군요."

연기를 옆으로 내뿜으며, 추만지 사장은 시름에 잠겼다.

"……이번 앨범은 반타작을 각오해야 할 듯 싶습니다. 에디오스는 그나마 휴식기라 낫겠습니다. 아, 꼬리표가 붙을 게 문제가 되겠군요. 저희 쪽도 계속 해명을 하고 있습니다만 요즘 기자라는 것들은 쓰레기잖습니까. 자극적인 말만 써대고. 누구의 여자, 남자. 이런 꼬리표는 쉽게 떨어지지 않을 겁니다."

강윤은 담배를 비벼 끄며 술잔을 기울이고는 차분히 답했다.

"쉽진 않겠지만, 저희는 정면 돌파를 할 생각입니다."

"정면 돌파라면……?"

"원래 내년 봄에나 앨범을 낼 생각이었지만, 크리스마스에 앨범을 낼 생각입니다."

그러자 추만지 사장의 눈이 화등잔만 해졌다.

"허, 허허. 이거 노이즈 마케팅이라도 노리시는 겁니까?"

"그런 것도 있지요."

"하하하."

추만지 사장은 뭔가 머릿속을 스쳐지나간 듯, 유쾌하게 웃었다.

"크크, 이런. 진짜 정면 돌파군요. 이 사장님 답습니다. 하하하, 저희도 차라리 아무렇지도 않게 활동하는 게 좋겠군요. 사실이 아니니까!"

"이렇게 하려면 팬들에 대한 사과가 선행돼야 한다고 생각합니다. 어찌되었든, 팬들의 환상을 깬 건 잘못이니까요. 이런 물의를 일으켜서 죄송하다며 진실된 태도로 다가가야 효과가 있을 거라 생각합니다."

"하하하. 이거 한 수 배웁니다. 그런데 이런 걸 저한테 말해줘도 되는 건가요?"

추만지 사장이 의문 어린 표정을 짓자 강윤은 웃으며 답했다.

"사장님이 설마 먹튀를 하시겠습니까?"

"크하하하하! 먹튀라니!"

저렴한 용어에 추만지 사장이 더욱 크게 웃음을 터뜨렸다.

"하긴, 제가 그런 의리 없는 사람은 아닙니다. 예랑의 강…… 아. 요즘 그 소문 아십니까?"

"어떤 소문 말입니까?"

추만지 사장은 목소리를 낮췄다.

"예랑의 강시명이가 MG 이사진들과 몰래 만났다더군요. 무슨 이야기를 했는지는 모르겠지만. 필시 무슨 일을 벌였을 것 같습니다."

"그렇습니까?"

예랑과 MG엔터테인먼트.

강윤도 그리 좋은 감정이 있는 곳은 아니었다.

추만지 사장도 마찬가지였는지 안색을 굳히며 말을 이어갔다.

"내 생각엔 이번 스캔들도 묘한 시점에 터지고…… 예랑 애들 중 일본에 나와 있는 애들도 있고, 이번에 에디오스와 비슷한 컨셉의 애들이 나온다는 말도 있더군요. 거기에 MG는 오래전부터 월드와 앙숙이었고…… 에이. 너무 앞서갔나?"

"복잡하군요."

강윤의 말에는 여러 가지 감정들이 얽혀 있었다.

♪♩♫♩♩♫♬♩♪

2시가 조금 넘은 오후.

이현지는 사무실에 새롭게 마련된 빈 책상을 바라보며 흐뭇한 미소를 지었다.

"오늘이네요."

"올 시간이 되었군요."

강윤도 시계를 보며 들뜬 마음을 드러냈다.

직원들도 사전에 내용을 들었는지 차분히 일을 하며 시간을 보냈다.

얼마 지나지 않아 사무실 문이 열리며 통통한 체격의 남자가 들어왔다.

"어서 와요, 기준 씨."

강윤은 자리에서 일어나 반가운 감정을 드러내며 그를 가볍게 끌어안았다.

"안녕하세요, 사장님."

작은 키에 통통한 체격의 정장을 입은 남자.

그는 키오드엔터테인먼트의 강기준 사장이었다. 회사 정리를 마치고 월드엔터테인먼트에 정식으로 입사한 것이다.

이현지도 그와 악수하며 인사를 건넸다.

"반가워요. 강 사장님. 아니, 이젠 팀장이군요. 어색하겠지만 잘 해봐요."

"아닙니다, 이사님. 이젠 저도 익숙해져야죠."

강기준이 자신의 자리가 어디냐며 묻자 정혜진이 얼른 다가와 그에게 자리로 안내해 주었다. 그는 책상과 의자가 마음에 든다며 좋아했고 곧 짐을 풀어놓았다.

짐을 푼 이후, 강윤은 그와 함께 옥상으로 향했다.

"담배 태워요?"

"아니요, 담배는 안 합니다."

"그래요."

강윤은 담배를 꺼내려다 다시 주머니 깊숙이 집어넣고는 말을 이어갔다.

"내일부터 본격적으로 일을 시작할 겁니다. 키오드에서 했던 노하우들을 바탕으로 배우 육성 매뉴얼을 짜주세요."

"알겠습니다."

"그리고……."

강윤은 차분히 말을 이어갔다.

"내년에는 민진서가 저희 소속사로 올 겁니다. 오래 걸리지는 않을 거니 MG엔터테인먼트에 밀리지 않도록 지원할 수 있는 여러 가지를 준비해 주세요."

다시 들어도 믿기지 않는 말에 강기준은 긴장하며 침을 꿀꺽 삼켰다.

"어떤 방식으로 배우 연습생들을 선발할지 물어봐도 되겠습니까?"

합병기간 동안 강윤은 배우 팀을 어떻게 운영할지를 생각해 보라고 주문을 했었다.

간단한 질문이었지만 연습생은 앞으로의 방향성을 결정할 중요한 지침이었다.

중요한 질문에 강기준은 자세를 바로 하고는 차분히 답했다.

"원래 연화넷에 공고를 올려 오디션을 본 후 선발할 생각이었습니다만, 월드의 운영 방식을 보고 생각을 바꿨습니다. 직접 학교나 거리에 나가서 제가 맡을 사람들을 뽑아볼 생각입니다.”

“과거에 많이 했던 방식이군요.”

어찌 보면 기분 나쁜 이야기로 들릴 수 있었다. 하지만 강기준은 웃으며 답했다.

“맞습니다. 지금은 지망생들도 많은데 직접 돌아다닐 필요도 없다 생각하실지 모르겠습니다. 하지만 정성은 배신하지 않는다고 생각합니다. 과거든 미래든 이 생각은 변함이 없습니다.”

강윤은 잠시 그와 눈을 마주했다.

술에 취해서 감정적일 때와는 완전히 다른 확신에 찬 눈빛이었다.

통통하고 순후한 외모에 가려져 잘 드러나지 않았지만, 강윤은 그의 의지를 읽을 수 있었다.

“알겠습니다. 배우에 관해서는 저보다 기준 씨, 아니 이제는 강 팀장님이라 부르겠습니다. 강 팀장님이 전문가입니다. 모든 걸 위임하겠습니다. 필요한 것이 있으면 말씀하십시오.”

“감사합니다, 사장님.”

“앞으로 저는 큰 방향만 제시하겠습니다. 내 사업이다 생각하고 목표를 달성해 주시면 됩니다. 추후에 사업부를 분리하면 기존 키오드보다 더 큰 사업체의 사장이 될 수도 있을 테니까요.”

“하하하. 말씀만이라도 감사합니다.”

하나뿐인 배우를 잃고 방황하던 자신을 받아준 것만 해도 감사할 따름인데 이렇게까지 믿어주니 강기준으로선 감사할 따름이었다.

그는 강윤의 손을 굳게 잡고 자리로 돌아가 자리를 정리하기 시작했다.

이야기가 끝나자 강윤에게 이현지가 다가왔다.

“사장님. 잠깐만요.”

“무슨 일 있습니까?”

그녀는 강윤에게 한 서류봉투를 내밀었다. 열어보니 ‘고소장’의 복사본이었다.

“매니저들이 우리 애들을 촬영하는 그쪽 기자들을 촬영한 사진들이 있더군요. 워낙 극성이라서 촬영해 놨다고 하더군요. 대현 매니저가 여러 장 보관하고 있었어요.”

“이 정도면 증거로 활용할 수 있겠군요.”

“보니까 자료 양이 많더군요. 금전적 손해 산출이 쉽지 않아서 얼마나 손해배상을 받을 수 있을지가 관건이 되겠지만요.”

그 말에 강윤은 만족했는지 웃으며 답했다.

“손해액 산출은 에디오스의 다음 앨범이 엎어졌고 차후 계획했던 해외 진출을 미룬 것에 대한 손해액을 근거로 제시하면 될 것 같습니다. 추측성 기사가 나간 이후로 막대한 손해를 봤고 주연이는 정신적 피해를 봤다는 걸 근거로 제시하도록 하지요. 아, 추만지 사장에게도 이야기해 주세요.”

"추 사장에게도요?"

"네. 혼자보다는 둘이 낫지 않겠습니까."

이현지는 알겠다며 고개를 끄덕였다.

"하하하. 알겠어요. 자료들은 어디 있나요?"

"메일로 보내놓겠습니다."

이현지는 신나서 자리로 돌아갔다.

응당의 대가를 치르게 할 생각에 그녀의 마음은 잔뜩 상기되었다.

그녀와 이야기를 마친 강윤은 편곡을 위해 스튜디오로 향했다.

스튜디오에서 컴퓨터에 앉은 박소영은 머리를 쥐어뜯으며 고뇌에 빠져 있었다.

"진짜 어렵네……."

강윤에게서 에디오스의 이번 크리스마스 앨범 곡 후반부를 넘겨받았다.

사실 말이 후반부지 인트로와 초반부 작업만 했지 나머지는 박소영의 몫이었다.

"강윤 오빠가 편곡한 곳은 피아노도 EDM도 소리가 좋은데 내가 한 부분은 왜 이래?"

귀신이 곡할 노릇이었다.

분위기는 점점 올라가는데 똑같이 할 수도 없고…….

한숨만 나오는 상황이었다.

그녀가 고민에 머리를 싸매고 있을 때 스튜디오 문이 열리며 한 여인이 들어섰다.

"소영아."

"현아 언니."

이현아는 연습을 하다 내려왔는지 트레이닝 복에 머리를 질끈 묶은 모습이었다.

하도 안 풀리다 보니 박소영이 그녀를 부른 것이다.

"어디 안 되는 부분 있어?"

"이 부분이요."

박소영은 모니터에 떠오른 악보의 한 부분을 가리켰다.

"난 디지털은 잘 모르는데…… 일단 들어봐야겠다."

박소영이 음악을 재생하자 피아노 소리와 함께 EDM이 비트를 타며 흘러나오기 시작했다. 강약이 조절되니 저절로 몸이 움직이는 듯했다.

이현아는 같은 부분을 몇 번이나 들어보고는 차분히 말했다.

"점점 올라가는 부분이네?"

"네."

"이거 네가 만든 거야? 초반은 진짜 좋은데? 잔잔한 것 같은데 묘하게 끌려."

"아니요. 오빠가……."

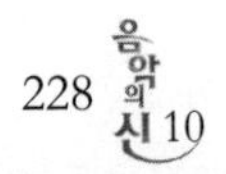

"……그래? 하여간 감각은 좋아가지고."

강윤이 했다는 말에 이현아는 조금 시무룩해졌다.

하지만 곧 활기를 띄며 말을 이어갔다.

"어쩐지. 이 부분부터는 느낌이 조금 다르네. 분리되는 느낌이야."

"그래요?"

"응. 여기서 저음이 너무 내려가고 강약이 너무 약한 것 같아. 베이스음을 조금 올리고 강약을 좀 더 세게 하는 게 나을 것 같은데?"

"알았어요. 한 번 해볼게요."

박소영은 컴퓨터를 만져 음을 조작했다. 그리고 곧 음악을 재생했다.

"조금 나아졌다. 그런데 여긴 보컬 라인이 조금 약하지 않아?"

"그러네요. 이것도 문제 저것도 문제……."

박소영이 머리를 감싸 쥐자 이현아는 피식 웃었다.

"다시 해봐. 그 인간이 너한테 괜히 맡겼겠어?"

"언니도 참. 그렇게 말하면 안 돼요."

"나는 돼."

"에이, 언니도."

이현아는 바로 올라가지 않고 박소영의 편곡을 도왔다.

그러자 박소영은 편곡의 방향을 바로 잡았고 후렴까지 단숨에 치고 올라왔다.

1절이 순식간에 마무리되자 박소영이 개운한 듯 기지개를 폈다.

"고마워요, 언니. 2절부터는 저 혼자 할 수 있을 것 같아요."

"뭘. 그것보다 내 부탁 하나만 들어줄래?"

"부탁이요?"

"잠깐만 기다려 봐."

이현아는 생각난 것이 있는지 스튜디오를 나섰다.

잠시 후 돌아온 그녀의 손에는 공책 하나가 들려 있었다.

"이 곡 좀 봐줄래?"

악보였다.

박소영은 아무 생각 없이 받은 악보를 신디사이저로 연주했다.

'어? 이거 뭐야?'

가벼운 생각으로 연주한 음악이 그녀의 마음을 진하게 울리기 시작했다.

♪ ♪ ♪

히든캐치는 연예인들의 가십거리를 정확히 촬영하기로 악명이 높다.

자극적이고 공격적이며 무엇보다도 정확하다. 덕분에 이들의 기사는 신뢰도가 높아 '단독'이라는 말이 나오면 사람들이 가장 먼저 클릭하고는 했다.

성공비결은 바로 초 근접 촬영.

스토커를 방불케 하는 촬영이야말로 이들의 성공 비결이었다.

사생활 침해 요소가 매우 다분했지만 007 작전을 방불케 하는 첩보전과 '알 권리'를 명분으로 내세우며 지금까지 소비자를 등에 업고 위험을 잘 피해왔다.

하지만…….

쾅!

"……배 편집장, 내 앞에 있는 이건 뭐야?!"

히든캐치의 사장, 유명후는 주먹으로 책상을 내려쳤다. 그의 앞에는 회사 앞으로 날아든 한 장의 통지서가 있었다.

배오민 편집장은 부들부들 떨리는 손으로 책상 위의 종이를 집어 들었다.

"영업방해 및 사생활 침해에…… 이거 저쪽에서 단단히 작정한 모양이네요."

"그걸 내가 몰라? 이 새끼 뭐야 대체?!"

유명후 사장은 단단히 분노했는지 눈가에 불꽃이 튀었다.

지금까지 수많은 기사를 냈고 광고효과를 톡톡히 봤지만 이렇게 직접적으로 법적인 조치를 취하는 회사는 단 한 곳도 없었다.

"……이강윤이라. 월드엔터테인먼트 사장이군요."

"이강윤? 에디오스 소속사 사장 말야? 그 스캔들 건 때문에 그러나?"

"그런 것 같습니다."

"허, 참. 그 새끼가 미쳤나. 국민들의 알 권리를 뭘로 보고."

유명후 사장은 코웃음을 쳤다.

하지만 배오민 편집장은 이대로 있으면 안 된다며 그를 타일렀다.

"상대방이 이런 조치를 취했으니 저희도 가만히 있으면 안 됩니다. 변호사를 선임하거나……."

"변호사는 무슨 변호사. 그럴 돈이 어디 있어."

"사장님."

배오민 편집장이 토끼눈을 떴지만 유명후 사장은 웃으며 고개를 저었다.

"우리가 지들한테 손해를 보게 했어, 뭘 했어? 사실에 입각해서 쓴 것이 무슨 죄가 되나? 괜찮아. 가서 몇 마디 상대만 해주면 돼."

"하지만……."

"그깟 중소 소속사 겁내서야 이 바닥에서 못 살아남아. 나만 믿어."

유명후 사장은 자신만만하게 어깨를 폈다.

'사장님이 예랑이나 MG를 믿고 그러시나? 월드가 만만한 곳이 아닌데.'

반면 배오민 편집장은 불길한 느낌을 숨길 수 없었다.

유명후 사장이 요정에 다녀온 이후에 뭔가 이상해졌다고 느꼈지만 함부로 말을 하지도 못했다.

2012년 12월 1일 목요일

최대의 음원사이트 헤븐을 비롯해 MD뮤직, 넷츠닷컴 등에 에디오스의 크리스마스 앨범이 일제히 발매되었다.

'White'라는 이름의 디지털 싱글이었다.

앨범이 출시되자 한주연의 스캔들의 여파 때문인지 많은 사람들이 에디오스라는 이름을 검색하고 들어오기 시작했다.

–테이의 여인 주연? 에디오스 크리스마스 싱글 'White' 발매.

이런 식의 기사들이 인터넷을 가득 메워나갔다.

"기사들이 하나같이 이 모양…… 과연 기레기라 할 만하군요."

인터넷을 켠 지 5분도 되지 않아 컴퓨터를 끄며 이현지는 작게 한숨을 쉬었다.

강윤도 의견이 크게 다르지 않았다.

"저널리즘 따위 실종된 지 오래지 않습니까. 적어도 인터넷에서는 말입니다."

"아무나 기자를 하는 시대니까요. 언제까지 참아야 하는지."

이현지가 화를 내는 것도 무리는 아니었다. 그녀는 바로 스케줄에 나선 한주연을 걱정했다.

"주연이가 걱정이네요. 에디오스 스케줄이 무척 빡빡하게 잡혀 있던데……."

강윤은 휴일 없이 꽉 들어찬 에디오스의 스케줄 표를 보며 답했다.

"복잡할 땐 차라리 일에 집중하는 게 낫습니다. 몸이 고단하면 생각할 겨를이 없으니까요. 그 애들이 일에 집중할 때 우리는 앞을 막고 있는 장애물을 치워주면 되는 겁니다. 내일 일은 잘 준비되고 있습니까?"

"네. 순조로워요. 하세연 사장도 그쪽으로 직접 오겠다더군요."

"일이 꽤 커지는군요. 알겠습니다."

—에디오스 크리스마스 싱글 'White' 쇼케이스 관련 공지

안녕하세요. 월드엔터테인먼트입니다.

에디오스 크리스마스 싱글 'White' 쇼케이스와 관련하여 아래와 같이 공지하오니, 자세한 사항을 확인하시기 바랍니다.

일시: 2015년 12월 1일 (목) 오후 7시 10분 ~

장소: 강원도 원주 천사의 집

(중략)

※ 이번 앨범은 10,000장 한정 판매합니다. 쇼케이스에 오신 분들께는 선 판매합니다.

※ 이번 앨범의 수익은 전액 기부합니다.

※ 그 밖의 문의는 이메일 SaeHeaBok@Manl.com로 해주시기 바랍니다.

에디오스의 팬 카페 아리에스와 월드엔터테인먼트 홈페이지, 파인스톡 등에 에디오스 쇼케이스 관련 공지가 올라왔다.

쇼케이스에 관련된 공지인지라 반응이 뜨거웠다.

–민아러블리 : 천사의 집? 너무 먼 거 아님?

–서유는사랑입니다 : 원주라네요. 전 부산인데……ㅠㅠ

–난리스거얌 : 봉사활동 겸 인가요? 크리스마스라서 그런가

–작가는각성하라 : 부들부들

–삼촌팬 : 카풀하실 분 모집합니다.

–포에버에디오스 : 저염~

먼 거리였지만 팬들은 자발적인 카풀에 나서며 적극적인 반응을 보였다.

물론 스캔들에 대해 불편한 반응을 보이는 팬도 있었다.

–프리테인 : 한주연 진짜 테이랑 사귀는 거 아님?

–주연바라기 : 그거 아니라고 인터뷰까지 하지 않았잖음요?

–프리테인 : 소속사는 당연히 아니라고 하죠.

–노래는한주연에게 : 의심병도지심? 월드는 거짓말 안하잖아요.

언론은 한주연의 스캔들을 터뜨리며 자극적인 기사들을 퍼뜨리고 있었지만 팬들은 굳건했다.

실시간으로 인터넷의 반응을 직원들을 체크해 나갔고, 강

윤과 이현지는 원주에 위치한 천사의 집에서 쇼케이스를 준비해 나갔다.

"처음에 왔을 때는 애들도 다 연습생이었는데…… 시간이 참 빠르네요."

새벽부터 와서 쇼케이스를 준비하다 이현지는 잠시 쉬기 위해 밖으로 나왔다.

언덕에서 강당이 있는 건물을 내려다보며 그녀는 중얼거렸다.

먼저 와서 쉬고 있던 강윤도 웃으며 답했다.

"그때는 우리 둘 다 MG에 있었죠."

"이젠 진서만 거기에 있네요. 우린 다 따로 나왔고."

"시간이 빠릅니다. 거기에 계속 있었다면 어떻게 되었을지 궁금하네요."

강윤은 자리에서 일어나 이현지의 옆에 섰다.

이현지는 한껏 기지개를 피며 기분 좋은 미소를 지었다.

"회장님이 건재하고 이사들이 헛짓거리만 안했으면…… 아마 우리가 연예계는 접수하지 않았을까요?"

"하하하. 너무 앞서나간 거 아닌가요?"

그러자 이현지가 당연하다는 듯 눈을 동그랗게 떴다.

"어머? 우리 능력을 너무 작게 보내요. MG에 갖춰진 플랫폼 자금, 거기에 사장님의 기획에 내 지원. 거기에 회장님의…… 더 길게 말할 필요도 없겠네요. 미국에서 에디오스는 참패를 맛봤지만 사장님이라면 달랐을 거라 봐요."

강윤은 아무 말도 하지 않았다.

과연 그랬을까. 최소한 참패는 하지 않았겠지.

"뭐, 과거는 과거니까. 슬슬 MG 시절의 플랫폼이 갖춰지고 있잖아요. 내년은 정말 기대가 돼요."

이현지의 말에 강윤은 피식 웃었다.

두 사람이 훈훈한 대화를 나누고 있을 때, 언덕 아래에 한 대의 밴이 눈에 들어왔다.

"애들이 도착했나 보군요."

강윤이 손가락으로 에디오스가 탄 차량을 가리키자 이현지가 먼저 돌아섰다.

"주인공들이 도착했네요. 그럼 우리도 가볼까요?"

"그러지요."

쇼케이스에 대한 기대를 안고 두 사람은 누가 먼저랄 것도 없이 언덕을 내려왔다.

에디오스 멤버들은 도착하자마자 대기실로 마련된 방으로 향했다.

천사의 집에서 강당을 제외하면 가장 넓은 방이었다. 여러 개의 거울, 옷, 카메라 등이 비치되어 있어 실제 방송국의 대기실을 방불케 했다.

"리스, 눈 화장 번졌다?"

"어디어디? 아니잖아?!"

평소보다 눈 화장을 짙게 한 크리스티 안에게 정민아는 깔깔대며 웃어댔다.

긴장이 흐르는 대기실이었지만 베테랑이 된 그녀들에겐 여유가 함께했다.

물론 표정은 여유가 있었지만, 대기실 모두의 손과 발은 보이지 않을 만큼 빨랐다.

한 손이라도 거들기 위해 이현지마저도 파우더를 들어 서한유의 얼굴에 발라 주었고, 강윤도 컨실러를 들어 한주연의 얼굴에 난 뾰루지를 가려나갔다.

"이번에 주연이가 마음고생을 많이 했어."

"……."

강윤의 부드러운 말에 한주연은 침묵했다.

원래 계획대로라면 봄까지 차분히 앨범을 준비할 수 있었을 텐데.

자신 때문에 쉬지도 못하고 나온 멤버들에게도, 강윤에게도 미안해서 고개를 들지 못했다.

컨실러 화장을 끝내고, 강윤은 그녀에게 립스틱을 내밀었다.

"이게 레드 무슨 색이더라? 아무튼 이 색깔 좋아하지?"

"……레드밸벳색이요. 이런 건 어떻게 아셨어요?"

립스틱을 받아 들고 한주연이 놀랐는지 눈을 껌뻑이자 강윤은 당연하다는 듯 웃으며 답했다.

"내 새끼들인데 이 정도 아는 건 기본이지. 자, 다 됐나 보네. 옷 갈아입고 준비해."

"네."

한주연이 멍한 눈빛으로 강윤의 나가는 뒷모습을 바라보았다.

지금까지 만난 그 어떤 매니저도 강윤처럼 섬세하지는 않았다. 게다가 그는 사장이었다.

그때, 그녀 옆에 정민아가 다가왔다.

"……좋냐?"

"어? 어어……."

정민아가 심통이 잔뜩 난 얼굴로 입술을 삐죽거리자 한주연이 고개를 흔들며 피식 웃었다.

"……하여간 사장님 귀신이라니까."

리더가 강윤 바라기인건 에디오스 멤버 중 모르는 이가 없다. 질투도 심하고.

그만 얽히면 애같이 되어버리는 리더의 모습에 한주연은 한숨을 쉬었다.

"귀신? 뭐가?"

"아니다, 아냐. 이해는 간다. 저런 사람이면 뭐……."

"아씨, 무슨 말이야!"

정민아가 발끈하자 한주연은 웃어대기 시작했다.

친구 덕에 주눅 들었던 마음도 조금 풀어지는 것 같았다.

상하이에 위치한 MG엔터테인먼트 중국 지사.

딱 봐도 화려하게 지어진 건물의 회의실에서 지사장은 PD와 작가가 들고 온 대본을 내려놓으며 어렵다는 듯 고개를 흔들었다.

[죄송하지만 우리 진서에게는 이 배역이 어울리지 않는 것 같습니다.]

90킬로그램이 넘는 평범한 여인이 살을 빼고 일과 사랑, 모두를 쟁취한다는 내용의 '그녀, 인형 같은 여인'이라는 제목의 로맨틱 코미디였다.

하지만 나름대로 확신을 가지고 왔는지 PD는 목소리에 힘을 주며 설득에 나섰다.

[이건 안 될 수가 없는 드라마입니다. 여자들은 물론 남자들도 좋아할 법한 내용이에요. 게다가 상대역엔 종태서, 양정을 이미 섭외했습니다. 민진서 양만 섭외하면 완벽합니다.]

종태서나 양정은 중국에서 최고의 주가를 달리는 남자 배우들이었다. 외모면 외모, 연기면 연기 모두가 출중했다.

하지만 지사장은 단호했다.

[시나리오를 보니 뚱뚱한 여인을 연기해야 하더군요. 그렇다는 건 진서가 뚱뚱한 여인으로 분장해야 한다는 것인데, 배우로서 그런 모습을 보이는 게 현재로선 쉽지 않습니다.]

지사장이 완고하게 나오자 이번에는 함께 온 여자 작가가 나섰다.

[시나리오에는 자신 있습니다. 게다가 한국에도 이런 종류의 시나리오들이 많이 있다고 알고 있어요. 최근 저희 중화인 사이에서

도 이런 내용의 시나리오가 떠오르고 있어요. 진서 양이 보고 결정하게 해주셨으면 해요.]

[…….]

작가마저 적극적으로 나섰지만 지사장은 쉽게 승낙을 하지 않았다.

'진서 성격에 어떤 결정을 할지 몰라. 하지만 회사 방침에는 맞지 않아. 차라리 액션이 낫지.'

예쁜 모습, 공주 같은 모습을 보여야 한다는 것이 회사 모토였다.

이렇게까지 겉모습이 망가져야 하는 시나리오라면 차라리 안 보는 게 나았다. 액션이라면 멋있기라도 하지 뚱뚱한 모습이라니…….

지사장은 잠시 생각하고 말했다.

[……알겠습니다. 검토해 보고 나중에 연락드리죠.]

[좋은 답이 나오길 기대하겠습니다.]

PD와 작가를 배웅하고, 지사장은 회의실로 돌아왔다.

그때, 회의실을 정리하던 여 직원이 대본을 집어 챙기려 했다.

"윤 대리. 그거 그냥 버리게."

"네? 지사장님. 대본은 진서 양에게 줘야 하지 않나요?"

"……됐어. 괜히 긁어 부스럼만 만들 게 뻔한데."

"지사장님?"

여직원이 경악했지만 지사장은 지시를 거두지 않았다.

아니, 오히려 그는 더 완고하게 나왔다.

"그냥 분쇄해 버려. 흔적도 없이."

"……알겠습니다."

"그리고 오늘 저 사람들 왔던 건 어디에도 새어 나가지 않게 하고. 특히 진서에겐. 알겠나?"

여직원에게 단단히 주의를 주고 지사장은 자리로 돌아갔다.

'진서가 알면 가만히 안 있을 텐데…….'

큰일이 나도 단단히 나지 않을까.

이건 선택의 기회조차 주지 않는 것 아닌가? 뭔가 잘못 돼도 단단히 잘못되었다는 생각이 들었다.

'난 지시대로나 하자.'

하지만 그녀는 현실적인 답을 내놓으며 대본을 파쇄기로 가져 갔다.

강원도 원주.

외딴 산골짜기에서 쇼케이스가 열리지만 많은 사람들이 에디오스를 보기 위해 찾아왔다.

이미 천사의 집 운동장은 팬들을 위한 임시 주차장이 되었고, 버스를 대절해 온 팬들도 한 가득이었다.

쇼케이스 관객 수는 500명.

관객 숫자와 무대 규모로만 따지면 팬 미팅을 하는 수준이었다.

그러나 강당에는 각종 조명과 음향, 특수 장비 등이 설치되었고 여러 대의 카메라들이 정신없이 돌아가고 있었다.

파인스톡에까지 생중계되는, 큰 규모의 프로젝트였다.

"The lights are shining—"

리허설이 한창 진행 중인 강당 안.

6명이 대열을 갖추고 가볍게 스텝을 맞춰가는 중심에서, 한주연은 목소리를 높였다.

그녀에게서 힘 있는 소리가 터져 나오며 음향은 점점 제 소리를 갖춰나갔다.

"이런 게 현장감이군요."

가슴을 울리는 생생한 스피커 소리에 감탄했는지 하세연 사장의 눈이 이채를 띠었다.

강윤은 어린아이 같은 그녀의 반응에 웃으며 답했다.

"사람들이 라이브 공연장을 찾는 이유이기도 하죠. 공연장엔 처음 와보시나요?"

"대학 축제에서 본 것 빼고는…… 기억이 없네요."

"공부만 하셨나 보네요."

"이래봬도 강철공대 출신이거든요. 어쩌다보니 그렇게 됐네요. 남자들도 다 시시했고…… 휴우. 어머, 난 또 무슨 소리래."

"하하하. 공대 나오면 공연을 안 보나요? 처음 알았네요."

황당한 논리의 말을 흘렸다는 걸 깨달았는지 하세연의 얼굴이 조금 붉어졌다.

강윤은 웃으며 에디오스 멤버들이 만들어내는 빛에 집중했다.

'하얗군. 은빛의 노래는 어떻게 하면 나오는 걸까?'

이번 앨범을 녹음을 할 때도 새하얀 빛이 흘러 나왔다.

하얀빛도 관객들을 충분히 만족시킬 수 있었지만 강윤은 욕심이 생기고 있었다.

단순히 하얀빛의 음악에 만족하는 것이 아니라 은빛, 은빛의 음악을 만들어 내는 것.

"To your heart I'm—"

에일리 정이 한쪽 눈을 찡끗하며 손가락을 안쪽으로 휘감았다.

그 모습에 몇몇 스태프들이 손을 들며 무음으로 환호했다. 귀여운 안무에 대한 답이었다.

그때였다.

하얀빛이 일렁이며 빛이 좀 더 강해졌다.

'포인트 안무에 힘을 받는 군. 저걸 좀 더 돋보이게 해야겠어.'

에디오스의 드라이 리허설을 보며 강윤은 무대에 대한 여러 가지 생각을 했다.

리허설이 끝나자 강윤은 조명 감독에게로 향했다.

"감독님. 'White' 공연 콘티 좀 볼 수 있을까요?"

"여기 있습니다."

강윤은 초 단위로 어떤 조명을 켤지에 대해 나온 콘티를 주의 깊게 보았다.

'색이 있는 조명들은 다 빼는 게 낫겠어. 사이키도 빼고. 무빙 라이트를 좀 더 쓰는 게 낫지 않을까?'

정리를 마친 강윤은 조명 감독에게 자신의 생각을 이야기했다.

"색 있는 톤은 전부 제거해 주십시오."

"그렇게 되면 너무 무난할 텐데요. 괜찮을까요?"

"명암을 강조하는 방향으로 가는 게 어떨까 싶습니다. 거기에 무빙으로 화려함을 살려 주면 어떨까요?"

"알겠습니다. 대신 리허설 한번만 더 해주실 수 있겠습니까?"

"네."

강윤은 바로 매니저에게 무전을 했다.

-바로 드레스 리허설을 가는 겁니까?

"아닙니다. 그냥 나와 주세요."

-네.

곧 무전을 받은 매니저가 에디오스 멤버들을 데리고 무대로 나왔다.

"사장님, 감사합니다."

"아닙니다. 그럼 잘 부탁합니다."

"네."

리허설이 다시 시작되었다.

중간의 붉은 톤과 푸른 톤의 조명이 사라지며 무빙 라이트가 화려함을 담당했고, 무대가 한결 심플해졌다.

“Oh you’re gleaming-”

에일리 정이 앞으로 나설 때, 중앙에 설치한 스포트라이트 3대가 일제히 그녀를 비췄다. 넓게 퍼진 빛이 한데 모이며 한층 화려함을 살렸다.

남은 에디오스 멤버들은 주변에서 손가락을 흔들며 그녀를 돋보이게 했다. 손에 낀 장갑이 움직임을 한층 돋보이게 만들었다.

그렇게 리허설이 마무리되고, 관객들이 하나둘씩 강당에 들어서기 시작했다.

마련된 500개의 의자에 사람들이 하나둘씩 자리를 잡고 앉기 시작했다. 그와 함께 카메라에 빨간 불이 들어오며 생중계를 알렸다.

공연을 위한 강당을 가리는 막이 처지고, 그 안에서 에디오스 멤버들과 강윤, 이현지와 하세연이 모였다.

공연 전의 에디오스에게선 항상 긴장이 흐른다. 그걸 아는 강윤은 차분한 어조로 이야기했다.

“지금까지 여러 가지 말들이 있었지. 그래도 미국에서 돌아왔을 때보다 좋은 상황이야.”

“…….”

모두가 고개를 끄덕였다.

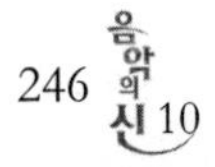

그때는 성공에 대한 확신마저 희미했으니 말이다. 강윤이 아니었다면 앨범을 내자고 하는 사람조차 없었던 시절이었다.

"항상 하는 이야기지만……."

"뒷일은 맡기고 잘하고 오라는 거죠?"

정민아가 당연하다는 듯 끼어들자 강윤은 멋쩍은 웃음을 지었다.

"……잘 아네."

"훗, 같은 멘트를 몇 년째 들었는데요."

"하하하하하."

모두가 함께 웃었다.

강윤도 피식 웃으며 손을 내밀었다.

"잘하고 와. 우리는~"

"에디오스! 꿈 많은~ 에디오스! 쇼 타임! 에디오스!"

9개의 손이 겹쳐져 하늘로 솟구쳐 올라갔다.

모두의 눈에서 강한 불꽃이 피어나며 에디오스 멤버들은 대열을 맞춰 섰다.

한주연도 자신의 자리인 오른쪽 맨 끝에 섰다.

그때, 강윤이 그녀에게 다가왔다.

"기합이 너무 들어갔어. 그러다가 다친다."

"아…… 네."

강윤은 언제나처럼 그녀의 어깨를 두드려 주고는 무대 뒤로 사라졌다.

'……나도 스캔들 한번 거하게 내봐?'

정민아가 투덜댈 때, 모니터 스피커에서 음향감독의 목소리가 들려왔다.

–시작하겠습니다.

모두가 고개를 끄덕이자, 천막이 아래로 내려가며 에디오스 멤버들이 관객들에게 모습을 드러냈다.

"우와아아아아아아아아–!"

에디오스 크리스마스 싱글, 'White'의 쇼케이스의 막은 관객들의 엄청난 환호성과 함께 시작되었다.

"지친 널 감싸고 함께 있어줄게– 우리 모두가 원해 네가 일어나길~"

한주연의 목소리를 필두로 에디오스의 무대가 펼쳐지자 일제히 관객들이 자리에서 일어났다.

스캔들의 주인공이라는 핸디캡이 있었지만, 한주연은 강한 눈으로 관객들과 눈을 마주했다.

"힘을 내– 지금 여기까지 왔어 조금만 더~!"

한주연의 목소리가 관객들을 더더욱 강하게 울렸다.

"와아아아–!"

관객들은 오늘따라 더더욱 힘이 넘치는 듯한 한주연의 목소리에 열화와 같은 환호성을 보냈다. 스캔들? 아니 그런 것은 아랑곳하지 않는 듯 모두가 한마음으로 한주연에게 손을 흔들었다.

그 반응에 한주연은 더더욱 힘을 받았는지 잘 하지도 않는 기교까지 부리며 노래의 절정을 보였다.

"난 잘 모르지만– 이 모든 걸 바꿀 수 있다는 건 알아– 내가! 그 주인공–"

한주연에서 서한유로 파트가 바뀌었다.

앞에서 한주연이 힘을 워낙 줘서인지 서한유도 목소리를 진하게 높였다.

'언니…….'

에디오스에서 목소리의 힘 하면 한주연을 당할 멤버가 없었다.

서한유는 가볍게 한주연을 째려보고는 자신의 파트를 이어갔다.

강윤은 리허설 때보다 더더욱 강렬한 빛을 보며 눈을 빛냈다.

'주연이가 엄청나네. 1시간 동안 에너지 다 쓸 생각인가.'

너무 무리할 필요는 없다고 이야기했건만, 하여간…….

강윤은 고개를 흔들었다.

"오늘 주연이 목소리가 물이 올랐네요."

"그러게 말입니다."

같은 생각을 했는지 이현지도 중얼거렸다.

'너무 무리하지 말라니깐.'

가수들은 사람 말은 오지게 안 듣는다며 강윤은 고개를 흔들었다.

한주연의 분발 덕분인지 쇼케이스는 사람들의 좋은 반응 속에 마무리되었다.

에디오스의 크리스마스 신곡 'White'는 모든 차트를 휩쓸며 순항하기 시작했고 그녀들은 정신없는 행사 일정을 소화해 나갔다.

스캔들 건은 간간이 인터넷 기사로 나왔지만 강윤도 가만히 있지 않았다.

–월드엔터테인먼트, 히든캐치 상대로 손해배상 청구.

–히든캐치, 에디오스 주연에게 명예훼손 등의 이유로 고소당해.

–연예인의 사생활 침해? 히든캐치 소송 가나.

크리스마스가 2주 정도 남은 주의 월요일.

각종 포털 사이트에 히든캐치와 월드엔터테인먼트의 전쟁이 수면 위로 떠올랐다.

6화

누군가에겐 아주 무서운 크리스마스

"허, 얘네 들은 팬들이 무섭지도 않나? 뭐 이런 놈들이 다 있지?"

인터넷에 널리 퍼진 기사들을 보며 유명후 사장은 기찬 웃음소리를 냈다.

사람들에게 보여야 하는 이미지, 관계 등 여러 가지를 생각하면 신문사를 고소한다는 건 쉽게 선택하기 힘든 최악의 선택지이기 때문이었다.

"확 스캔들이라도 터뜨려볼까요? 이강윤의 기사라던가."

"좋은 거 있어?"

배오민 기자가 입꼬리를 들어 올리며 코웃음을 치자 유명후 사장은 특종거리가 있는지 궁금해졌다.

"아직은 없지만 24시간 붙어 있으면 뭔가 나오지 않을까요?"

"나쁜 생각은 아니군. 좋아. 유 기자한테 애 하나 붙여줄 테니까 이강윤 기사 써보도록 해. 나중에 쫄려서 합의를 원하게 만들 수도 있겠지?"

"알겠습니다."

배오민 기자가 자리로 돌아가 카메라와 장비들을 챙겨 회사를 나서자 유명후 사장은 법원에서 날아든 서류를 보며 눈살을 찌푸렸다.

"기자를 건드리면 어떻게 되는지 어디 한번 해보자고."

그의 눈이 활활 타오르고 있었다.

♪ ♫ ♩ ♫ ♬ ♩ ♪

쇼케이스를 시작으로 에디오스는 본격적인 활동을 시작했다.

원주 천사의 집에서 열린 쇼케이스는 좋은 반응을 보였다. 앨범 판매 수익금과 따로 열린 기부금 운영 등에 에디오스가 사회적 책임을 다하고 있다는 인식을 심어줄 수 있었다.

그와 함께 이번 크리스마스 앨범 수익을 기부한다는 공약이 있으니 사람들은 단연 긍정적인 반응을 보였다.

간간이 한주연의 스캔들 관련 문구나 기사들이 나가기도 했지만, 에디오스의 좋은 모습들이 더 많이 나가고 있어 조금씩 여론이 움직이고 있었다. 이번에는 월드엔터테인먼트에서도 인터뷰에 적극적으로 나서는 등 여론이 많은 신경을 쓰고 있었다.

"월드엔터테인먼트에는 뮤즈 작곡가님 같은 훈남 작곡가님만 계시는 줄 알았는데, 이사님도 미인이시네요."

"감사해요. 다윤 씨도 피부가 뽀얗군요. 소녀 같아요."

"사업을 하시는 분들은 이게 말이……."

"하하하."

이현지는 HMC 방송국의 유명 연예소식을 전하는 프로그램, '연예통신 한밤의 소식' 인터뷰를 하는 장소, 월드엔터테인먼트 스튜디오.

최근 가수 지망생들의 핫 플레이스로 떠오르기 시작했지만 아무도 월드엔터테인먼트에 대해 알지 못했다. 내부 공개와 함께 인터뷰를 진행했기에 HMC 방송국에서도 흔쾌히 대표 리포터 한다윤을 보내는 성의를 보였다.

인터뷰는 화기애애한 분위기 속에 진행되어 나갔다.

공중파 방송 인터뷰를 처음 하는 이현지였지만, 그녀는 노련했다. 차분히 회사에 대해 소개하며 앞으로의 계획들을 기대감을 가지도록 풀어나갔다.

리포터 한다윤은 이현지의 답에 고개를 끄덕이며 가장 중요한 질문을 했다.

"……최근 유감스러운 일이 있었어요. 매우 질문하기 조심스러운데, 괜찮으신가요?"

"괜찮습니다."

"이번에 에디오스 건으로 한 신문사와 법적인 분쟁을 하게 되셨잖아요. 스타들은 여론에 의해 피해를 받아도 쉽게 나서지 못하는 현실에서 이제 막 자리를 잡기 시작한 월드엔터테인먼트에서 강하게 나서는 이유를 알고 싶습니다."

사람들이 가장 궁금해하는 질문이기도 했다.

연예인은 여론에겐 언제나 약자일 수밖에 없다. 여론은 소식을 알린다는 영향력을 발휘해 연예인을 더 높이 오르게 할 수도, 뭇매를 맞게 할 수도 있다.

그렇기에 피해를 봐도 연예인은 속을 끓일 뿐, 쉽게 나서지 못하는 게 현실이었다.

"답하기가 매우 조심스러운 질문입니다. 사람들에겐 알 권리가 있고, 연예인들은 공인이니까요. 사람들이 궁금해하는 건 당연하고, 이걸 알고 싶어 하는 욕구를 충족시켜 주는 것이 언론의 역할입니다. 하지만 연예인도 사람이죠."

이현지는 오랜 인터뷰로 식어버린 커피를 한 모금 넘기곤 이야기를 이어갔다.

"그들에게도 사생활의 영역이 있고, 존중받아야 합니다. 그래야 대중에게 더 좋은 모습을 보일 수 있죠. 그런데 일부 언론의 과함이 이런 일들을 힘들게 합니다. 쉽게 나서기 힘든 현실이지만, 가족이 힘든 모습을 가만히 볼 수 없었어요."

"가족이요?"

"월드 식구들이죠. 패밀리. 앞으로 또 이런 일이 벌어지면 안 되기에 부득이 이런 수단을 쓸 수밖에 없었습니다."

이현지는 단호한 모습은 고스란히 카메라에 담겼다.

불미스러운 일이 벌어졌을 때, 직접 당사자나 회사가 인터뷰에 나서는 경우는 드물었다. 기껏해야 전화 인터뷰나 모자이크 인터뷰가 전부였다.

하지만 이현지는 회사로 직접 초대해 인터뷰를 했고 이 당당한 모습은 그 주 전파를 타고 전국 방방곡곡에 퍼져 나갔다.

–니미, 월드 짱 잘했다.

–소속 연예인들을 챙기는 모습 보기 좋아요~ 원따봉 드립니다.

–이현지 이사 미인인 듯. 내 마누라 삼고 싶다!

–윗님. 이현지 내 꺼임.

인터뷰가 전파를 탄 후, 여론 반응은 월드엔터테인먼트 쪽이었다.

에디오스의 활동이 순항 하고 있었고, 이현지의 단아한 외모와 차분한 인터뷰는 사람들에게 긍정적인 영향을 주었다.

하지만 히든캐치도 가만히 있지 않았다.

–하얀달빛 이현아, 중년 남자와 둘만의 저녁식사. 스폰서 논란?

그들도 바로 자극적인 기사로 반격에 나섰다.

타깃은 이현아였다.

최찬양 교수와 곡 이야기를 위해 저녁식사를 하던 이현아를 몰래 촬영, 기사를 낸 것이다.

사진을 찍은 지 1시간도 안되어 기사가 났고 이는 인터넷에 파다하게 퍼져 나갔다.

밤 9시.

기사가 올라간 지 30분도 안된 시간.

–흑, 흑…… 죄송해요.

강윤은 수화기로 들려오는 이현아의 울음 섞인 목소리를 들으며 한숨을 내쉬었다.

"일단 진정해."

–아니, 아니에요. 평소처럼 교수님하고 밥만 먹은 건데…… 저 지금 너무 무섭고…….

이현아는 무서웠다.

스폰서라는 문구의 위력은 무시무시했다. 의심스러운 사진 한 장과 짜르르한 문구는 이현아에 대한 수없는 악플에 시달리게 만들었다.

"지금 현지 이사님하고 대현 매니저가 가고 있어. 집에서 나오지 말고. 인터넷도 하지 마. 알았지?"

–……네.

"매체랑 접하지 말고. 아무 생각도 하지 마. 알았지?"

강윤은 같은 말을 몇 번이나 하고는 통화를 마쳤다.

이현아는 마음이 단련된 베테랑 연예인이 아니었기에, 혹시나 돌발행동을 할까 걱정되었다. 생각 같아서는 직접 가고 싶었지만 가까운 곳에 이현지와 김대현 매니저가 있었기에 그는 해결부터 하기로 했다.

"일단 정정기사부터 내보내자."

월드엔터테인먼트 이름으로 정정기사를 내보내는 것이 순서였다.

강윤은 연락처가 있는 기자들에게 모두 연락했다. 아니, 그것도 모자라서 추만지 사장에게도 도움을 요청했다.

―……그런 사정이라면, 알겠습니다.

"감사합니다."

전후 사정을 설명하니 추만지 사장도 자신이 알고 있는 기자들을 동원해 주기로 약속했다.

기사가 난지 2시간이 조금 안된 시점이었다.

그는 먼저 최찬양 교수에게 전화를 걸었다.

―……알겠습니다. 필요하다면 직접 해명도 하지요.

최찬양 교수는 전후사정을 듣고 기꺼이 도움을 주겠다고 이야기했다.

"감사합니다. 그런데 빠른 해결을 위해서는 인터넷에 교수님에 대한 개인적인 일도 조금 올려야 할 것 같습니다."

―그렇게 하세요.

최찬양 교수는 길게 말하지 않았다. 아닌 밤중의 홍두깨라고 한밤에 스캔들 사태를 맞으니 그도 어이가 없었다.

허락을 받자 강윤은 먼저 홈페이지와 하얀달빛의 팬클럽, '리버스 루나'에 해명 글을 게시했다.

―기사가 난 남성은 최찬양 교수님이라는 분으로 한려예술대학 교수님이십니다. 하얀달빛의 보컬 이현아 양은 곡 문제로 교수님을 만났다가 파파라치에 의해 사진에…….

게시글을 올리고 얼마 지나지 않아 추만지 사장과 친분이 있는 기자들과 강윤이 연락을 한 기자 몇몇이 월드엔터테인먼트에 도착했다.

강윤은 그들에게 직접 커피를 내오며 용건을 이야기했다.

"기자정신으로 단련되신 기자님들께……."

그는 잘 하지도 않는 아부성 발언도 아끼지 않고 기자들을 구워삶았다.

기자들은 쉽게 하기 힘든 월드엔터테인먼트의 스타들과 인터뷰를 할 기회를 은연중에 요청하며 강윤의 요청을 수락했다.

기자들이 전화를 마치고 얼마 지나지 않아 인터넷에는 빠르게 정정 기사들이 올라가기 시작했다.

–하얀달빛 보컬 이현아, 사진 속 남성 음대 교수님과 차기곡 문제로 상담

–이현아, 문제의 남성 음악대학 은사님으로 밝혀져

–사소한 오해가 별을 떨어뜨린다. 이현아, 은사님과 식사도 힘들다 하소연

다음 날 아침.

기사가 정정되고 악플러들이 거의 사라졌다.

밤새 모니터링을 하느라 강윤은 퀭한 눈으로 사무실 의자에서 멍하니 앉아 있었다.

"……좋은 아…… 사장님도 마찬가지군요."

이현지도 강윤과 마찬가지인 퀭한 눈으로 인사를 건넸다. 그녀는 강윤에게 자양강장제를 건네는 센스를 발휘했다.

"감사합니다. 크으. 시원하군요. 현아는 괜찮아졌습니까?"

"아침이 돼서야 잠들었어요. 스폰서라는 말이 나오니까 악플러들이 집요하게 달려들었다더군요."

"민감한 사항이죠. 이번 건도 함께 넣어두죠."

"7시에 정정기사를 내더군요."

이현지는 화가 치밀었는지 얼굴을 일그러뜨렸다.

자극적인 '스폰서'라는 문구.

끝에 물음표를 붙여 사실인지 아닌지 알 수 없게 해서 빠져 나갈 길을 마련하는 수법까지.

기사에 대한 조회는 높아지고, 기사의 대상이 되는 스타는 타격을 입게 된다.

강윤은 입술을 깨물었다.

"이번 법적인 조치와 인터뷰에 대한 보복일 겁니다. 세게 나오는군요."

"저도 그렇게 생각해요. 신문사답게 나오네요."

"소송을 취하하지 않으면 더 세게 나오겠다는 신호일 겁니다."

"어떻게 할 건가요?"

이현지의 물음에 강윤은 잠시 눈을 감았다.

'감정적으로 나가면 안 돼. 이번에 약하게 보이면 앞으로 더 크게 당해.'

생각을 정리한 강윤은 차분한 어조로 답했다.

"진행합니다. 이사님이 소개해 주신 그분이 일을 잘 처리해 주고 있는 걸로 압니다."

"네. 그 분이 인맥이 많거든요. 비싸서 문제지……."

"이번 사건까지 같이 엮을 방법을 찾아주세요. 계속 방패로 막기만 할 수는 없는 노릇이잖습니까."

이현지는 알았다고 답하며 서류를 꺼내 정혜진에게 주었다.

정혜진은 서류를 들고 변호사 사무실로 향했다.

♪ ♫ ♪ ♩ ♫ ♫ ♩ ♪

월드엔터테인먼트는 히든캐치와의 문제로 바쁘게 돌아갔지만 소속 연예인들의 일에는 별다른 영향이 없었다.

히든캐치에서 월드엔터테인먼트 소속 연예인 기사들이 나오면 얼마 지나지 않아 정정 기사가 나왔다.

크리스마스가 1주 남은 주간.

인터넷은 여론전으로 뜨거웠다. 처음에는 악플 수도 엄청나게 많았지만 점차 추측성 기사에 대한 면역이 생기며 사람들은 히든캐치에 대한 기사에 신뢰가 떨어지기 시작했다.

그 결과는 조회수 하락으로 이어졌고 자극적 문구와 기사를 내기만하면 조회수가 폭발했던 전주와 달리, 지금은 10위권 내에도 들지 못했다.

히든캐치의 사장실.

유명후 사장은 들고 있던 책을 책상 위에 내려치며 소리쳤다.

"기사를 손으로 쓰냐, 발로 쓰냐!"

배오민 기자는 속으로 구시렁대며 고개를 숙였다.

'미친…… 네가 해봐라, 이 새끼야.'

사진의 질이나 기사의 질은 크게 달라진 것이 없었다.

하지만 사람들의 인식에 변화가 생겼다. 계속 자극을 주니 히든캐치의 자극성 기사에는 면역이 생긴 것이다. 게다가 속속들이 반박 기사들이 2시간도 안 돼서 올라오니 사람들이 '또 니들이냐?'라고 인식을 해버렸다.

"아, 아이고 두야. 야, 어떻게 조회수가 반타작이냐? 어? 이대로 가면 우리 광고 떨어져서 굶어죽어요. 어?!"

그는 애꿎은 배오민 기자만 타박했다.

열심히 하는데도 타박만 받으니 배오민 기자도 억울했다.

"사장님, 24시간 감시했고, 월드 애들 기사를 매일같이 썼습니다. 월드는 지치지도 않는지 매일같이 반박을 했죠. 오히려 마케팅은 제대로 됐을 겁니다."

"이미지를 추락시키란 말이야, 이미지. 그 애들이 소송을 가지 못하게, 이.미.지.를. 어?"

“그렇게 하고 있습니다. 하지만 사람들이…….”

“됐고, 가서 일이나 해.”

유명후 사장은 더 듣기 싫은지 손을 내저었다.

배오민 기자는 끓는 속을 간신히 가라앉히며 밖으로 나갔다.

“저런 등신하고 일을 하니 내가 힘들지…….”

애꿎은 직원만 탓하며, 유명후 사장은 담배에 불을 붙였다.

“지겹네요.”

월드엔터테인먼트 사무실.

이현지는 히든캐치가 올린 김지민의 기사를 보며 한숨을 내쉬었다.

“우리도 자기들 사진을 찍고 있다는 걸 알고 있을 텐데…… 이해가 가지 않는 행동이군요.”

강윤도 의아했다.

김재훈을 찍기 위해, 히든캐치 기자로 보이는 남녀가 강윤의 집 마당까지 침입한 일까지 있었다.

“유명후 사장이 지독하다는 소문을 듣긴 했지만, 이 정도인 줄은 몰랐네요.”

“애들이 고생했죠. 매니저들도 그렇고.”

강윤은 소속 연예인들에게 미안했다.

앞으로 이런 일을 겪게 하지 않기 위해 이번에는 부득이하게 피해를 감수하기로 했지만, 파파라치들을 계속 달고 다니는 건 정말 피곤한 일이었다.

그래도 힘들게 견딘 보람이 있었다.

"그래도 조만간 빨리 시마이 할 수 있을 것 같네요."

"시마이라니. 그런 말도 쓰십니까?"

이현지는 강윤에게 변호사에게 받은 서류를 보이며 씨익 웃었다.

"왜요? 이상한가요?"

"아닙니다. 이사님한테서 그런 말을 들으니 신기해서요."

강윤은 '경과보고'라고 쓰인 서류를 면밀히 살폈다.

회사에서 넘겨준 자료와 여론 등 여러 가지 상황들이 좋아서 1월이면 좋은 결과를 기대할 수 있을 것이라는 말이 적혀 있었다.

마지막에는 꼬투리를 잡히더라도 가급적 개인적인 합의는 가급적 하지 말아줄 것을 당부했다.

"그쪽도 최선을 다하고 있군요."

1월이면 결과가 무척 빠르게 나오는 것이다.

이현지가 사건을 수임한 변호사가 무척이나 힘이 있다는 이야기였다.

그녀는 당연하다는 듯 어깨를 폈다.

"말했잖아요. 맡겨달라고."

강윤은 그녀에게 서류를 건네고는 김지민을 만나기 위해 스튜디오로 향했다.

스튜디오에는 김지민과 인문희가 함께 이야기를 나누고 있었다.

"선생님."

김지민이 자리에서 일어나려 하자, 강윤은 손을 들어 그녀를 제지했다.

"앉아 있어. 괜찮니?"

"네."

강윤의 물음에 김지민은 의연한 미소를 지어보였다.

휴식 기간에는 스케줄을 거의 수행하지 않지만, 장애인 기금마련 행사였기에 김지민은 스케줄에 나섰다. 그런데 조명의 눈부심에 인상을 찌푸린 사진이 찍힌 게 문제가 되었다.

장애인 아동이 싫은 건 아니냐는 의혹을 띄운 기사가 나간 것이다.

"요즘 기사들이 갈수록 이상해지는 것 같아요. 이럴 리가 없는데……."

인문희도 기가 막혔는지 입술을 깨물었다. 그녀는 화가 많이 났는지 얼굴이 붉게 상기되어 있었다.

강윤은 차분히 현 상황에 대해 이야기했다.

"지금 기자들은 물음표만 붙이면 다 되는 줄 알지. 하지만 연예인들은 고스란히 피해를 봐. 피해를 줄이려고, 기사가 나가자마자 팬클럽, 파인스톡 페이지에 해명을 했어. 그리고 매일 계속되는 사태로 사람들도 면역이 생겨가고 있어서 이전처럼 심하게 달려들진 않을 거야."

"선생님이 알아서 잘 해주실 거라고 생각하고 있었어요."

김지민은 온전히 강윤을 믿었다.

그렇기에 마음이 크게 흔들리지 않았다. 그녀의 눈은 차분했다.

강윤은 피식 웃었다.

"더 잘해야겠네. 조금만 견뎌줘. 앞으로는 이런 기사 절대 안 나오게 할 테니까."

"네."

100% 믿는 스타와 믿음을 주는 사장.

인문희는 그런 관계를 눈앞에서 보고 있었다.

'멋있다.'

쉽지 않은 사태였지만, 이번 위기도 잘 넘길 수 있을 것 같았다.

여의도 인근의 한 고급 일식집.

일류 요리사들이 많기로 유명해 비싸기로 소문난 일식집의 VIP룸에서 강시명 사장은 정갈하게 말린 초밥을 집으며 은은한 미소를 지었다.

"……도움을 원한다 하셨습니까?"

"……."

반면 맞은편에 앉은 히든캐치의 유명후 사장은 젓가락질 한번 못하고 굳은 표정을 짓고 있었다.

"하얀달빛의 이현아, 김지민, 김재훈에 에디오스까지. 빠짐없이 기사가 나갔죠. 자극적인 기사에 사람들 반응은 폭발적이었습니다. 검색어 순위에 오르는 건 기본이고 히든캐치의 이름도 자주 오르내렸죠. 이번에 얻은 것이 상당할 텐데 제가 어떤 도움을 드려야 할런지."

눈에 보이는 상황은 나쁘지 않았다.

노이즈 마케팅은 눈부시게 잘되고 있었고 히든캐치라는 신문사의 이름도 오르내리면서 사람들에게 크게 각인되었다.

그러나 월드엔터테인먼트 연예인들을 집중적으로 촬영하면서 자극적이지만 '사실'을 전했던 히든캐치의 이름에 금이 가고 있었다. 기사가 나간 지 1시간도 안돼서 정면으로 반박이 나가고, 여론이 돌아서는 속도도 이전과는 비교도 안 될 정도로 빨라졌다.

월드엔터테인먼트와 히든캐치의 전쟁.

연예인 관리가 철저한 월드엔터테인먼트에 히든캐치가 고전하고 있는 상황이었다.

"이강윤에 대해 잘 아십니까?"

"이강윤이요? 월드 사장 말이군요."

스스로가 유명 작곡가이기에 정보가 있으면 효과가 있을

것이다.

하지만 유명후 사장에겐 이강윤에 대한 작은 정보조차 없었다. 몇 개 주워들은 것이 자기 소속 연예인들 끔찍이 생각하고 동선이 일정치 않다는 것이 전부였다.

혹여 사장들이라면 고급정보라도 있을까, 일말의 기대를 품고 왔다.

"맞습니다."

"이강윤이라. 그 사람은 정보가 많지는 않은데……."

강시명 사장은 쉽게 말을 꺼내지 않았다.

그러자 애가 탔는지 유명후 사장이 더 간곡히 나왔다.

"작은 것이라도 괜찮습니다. 여자라던가, 아니면 버릇이라도……."

"여자, 여자라. 워낙 고지식하기로 소문난 사…… 아."

그때, 그는 뭔가가 떠올랐는지 손뼉을 쳤다.

"민진서가 MG와 사이가 좋지 않다는 건 알고 있지요?"

"네? 아, 네. 그런데 그게 왜……."

갑자기 왜 민진서가 나왔을까.

유명후 사장이 고개를 갸웃하자 강시명 사장은 입꼬리를 들어올렸다.

"알다시피 이강윤은 MG 출신입니다. 들은 이야기인데, 민진서를 발굴한 이가 이강윤이라 합니다."

"……아는 사람들은 다 아는 이야기 아닙니까?"

유명후 사장은 시큰둥했다. 하지만 진짜 중요한 이야기는 뒤에 있었다.

“그가 있을 때는, 민진서가 회사 말을 누구보다 잘 들었다 하죠. 그런데 그가 나가고 민진서는 100% 변했습니다. 회사에 가장 비협조적인 스타로 변해 버렸죠. 회사는 그걸 알면서도 함부로 하지 못하고 있죠. 그렇다고 다른 곳의 스카우트 제의에도 응하지 않는 이상한 존재. 뭔가 냄새가 나지 않습니까?”

“이강윤과 민진서가 관련 있다는 말씀이신 것 같은데, 그렇다면 월드엔터테인먼트가 만들어지자마자 바로 갔어야 하지 않겠습니까?”

“바로 그겁니다. 안 갔죠. 그러니까.”

강시명 사장이 의미심장한 표정으로 유명후 사장과 눈을 마주했다.

“이 부분을 파야 하지 않겠습니까?”

“……호오.”

잘만하면 지금까지와는 비교도 할 수 없는 초거대 스캔들이 터져 나올 것이다.

마음이 통한 두 사람은 의기투합해 손을 맞잡았다.

“……저 악마의 똥가루 진짜.”

새벽 3시.

스케줄에 나서는 새하얀 눈이 내리는 하늘을 올려다보며 한주연은 가볍게 인상을 찌푸렸다.

화이트 크리스마스라고 좋아하던 이삼순은 감성하고는 거리가 먼 한주연의 반응에 입이 쩍 벌어졌다.

"주연아. 왜 그랴?"

"우리 오빠들 눈 치워야 하잖아."

한주연은 입술을 삐죽거렸다.

화이트 크리스마스에 대한 여성의 감성은 온데 간데 사라지고, 군인이나 할법한 말을 하니 놀랄 법도 했다.

그런데 거기에는 이유가 있었다.

"주연이 오빠들 군대에 있쟈?"

"응. 올해 가기 전엔 면회 꼭 가야 하는데……."

원래 쉬는 기간에 가려고 했지만, 스캔들이 터지는 바람에 시간을 낼 수가 없었다.

그래도 이번 활동이 끝나면 꼭 면회에 가겠다고 한주연은 다시 한 번 결심했다.

"오늘만 활동하면 휴식이잖아. 이번에 쉬면 나도 같이 갈까?"

"진짜? 우리 큰 오빠가 네 팬인데, 그럼 고맙지."

"알았어. 그런데 작은 오빠는?"

이삼순은 한주연의 오빠가 쌍둥이라는 것을 알기에 은근한 기대를 가지고 물었다.

친구의 '훈남 오빠'. 끌릴 요량은 충분했다.

"작은 오빠는 지민이……."

"……칫."

이삼순이 삐죽거릴 때, 준비를 마친 에디오스 멤버들이 모두 입구로 나왔다.

김대현 매니저가 모두 나온 걸 확인하고 바로 스케줄이 있는 목포로 이동을 시작했다.

목포에 있는 백화점 행사를 시작으로 에디오스의 하루는 바쁘게 돌아갔다.

목포, 대전 그리고 서울에 이르기까지.

새벽부터 시작된 스케줄은 서울에서의 마지막 스케줄만을 남겨두고 있었다.

'월드컵기념 종합 체육관'으로 향하는 밴 안.

"오늘 끝나고 회식 콜?!"

"콜!"

이삼순의 말에 에일리 정이 눈을 빛내며 김대현 매니저를 바라보았다.

다른 멤버들도 오늘 회식에 대한 기대감으로 그를 간절히 바라보자 김대현 매니저가 피식 웃으며 말했다.

"……물론, 오늘 회식은 있어."

"역시! 고기! 고기!"

모두가 원하는 메뉴를 외쳐댈 때, 김대현 매니저는 고개를 흔들며 이야기했다.

"고기는 좋은데 장소는…… 숙소에서 하자."

“네? 숙소요?”

크리스티 안이 큰 눈을 껌뻑이며 묻자 김대현 매니저가 한숨을 쉬며 답했다.

“히든캐치 애들 요즘 드세잖아. 어떻게든 하나 잡아보려고.”

“그래도 회식 정도는 괜찮지 않아요?”

크리스티 안이 이 정도는 괜찮다며 아쉬움을 드러낼 때, 정민아가 나섰다.

“리스. 이번에는 숙소에서 하자. 괜히 꼬투리 잡히면 사장님 힘들잖아.”

“……오올. 우리 민아, 그런 기특한 소리도 할 줄 아네?”

“흣. 내가 원래 이 정도야. 대신 오빠, 소고기로. 콜?”

김대현 매니저는 말없이 강윤에게 받은 법인카드를 보여주었고, 모든 멤버들이 만세를 불렀다.

밴은 어느덧 서울 시내로 돌입했다.

‘월드컵기념 체육관’을 얼마 남기지 않은 도로는 눈길로 미끄러웠다.

“눈길이니까 급하게 몰지 말고, 천천히.”

“네.”

김대현 매니저는 갓 들어온 신입 매니저, 오태준에게 주의를 주었다,

밴 안의 에디오스 멤버들이 이야기로 활기를 띄고 있었다.

“에이, 커플들은 지옥에나 가라! 솔로만세! 아, 옆구리 시려…….”

"커플지옥! 솔로천국! 오오!"

이삼순과 에일리 정은 창밖에 조금씩 내리는 눈을 원망스럽게 바라보았다.

화이트 크리스마스로 길거리에는 연인들이 즐비했지만 막상 자기 옆을 채워줄 '그'는 없었다.

"커플지옥!"

멍하니 창밖을 보던 크리스티 안마저 가세했다. 옆구리 가득 채운 여자들이 그녀의 속을 긁었던 것이다. 간간이 추파도 받던 연습생 때와는 달리 지금은 썸조차 터질 기미도 보이지 않았기에 크리스마스가 더욱 원망스러웠다.

하지만 생각이 다른 사람도 있었다.

"남자 다 소용없어. 혼자가 최고야."

한주연은 담담히 자기 이야기하곤 돌아누웠다.

이번 일이 혹독했는지 그녀는 남자에 대해 더 말하고 싶지도 않은 듯했다.

언니의 안쓰러운 모습에 서한유는 한숨지었다.

"그래도 언젠가는 만나야…… 꺅!"

쾅!

갑자기 차체가 거세게 흔들리며 에디오스 멤버들 모두가 심하게 비틀거렸다.

"꺄악!"

"악!"

정민아와 한주연은 간신히 균형을 잡았지만 에일리 정과

한주연은 순간 중심을 잃고 앞으로 고꾸라졌다. 크리스티 안과 이삼순은 앞 시트에 팔을 대 무사할 수 있었다.

"괘, 괜찮아?!"

"으윽……."

모두가 놀라 심장이 덜컹일 때, 정민아는 간신히 가슴을 억누르고 모두에게 외쳤다.

평화롭던 차 안은 한순간에 아수라장이 되어 버렸다.

♪♩♫♩♪♫♬♩♪

"오늘은 쉬어도 된다니까."

스튜디오에서 강윤은 오늘도 연습을 나온 인문희에게 웃으며 이야기했다.

인문희는 괜찮다며 마주 웃었다.

"남훈 선생님이 주신 과제들이 많아서요. 그리고……."

"그리고?"

"저도 빨리 지민 선배처럼 되고 싶거든요."

마음을 정한 인문희는 의욕이 넘쳤다.

처음에는 월드엔터테인먼트에 적응조차 하기 힘들어하던 그녀였지만 이제는 완전히 달라진 모습이 강윤으로선 보기 좋았다. 게다가 남훈의 가르침도 의욕적으로 배워가고 있으니…….

인문희는 크게 걱정할 것이 없을 것 같았다.

"나는 기다립니다-"

스튜디오에 구성진 가락이 흘러갔다.

그녀의 목소리가 만들어내는 은빛을 접하니 강윤은 욕심이 생겼다.

'처음부터 일본에 데뷔를 시켜보는 건 어떨까? 정서를 그쪽에 맞춰서?'

한국에서 활동을 하고 일본으로 진출하는 것이 일반적이라면 아예 일본에서 데뷔하고 추후 한국으로 오는 것은 어떨까라는 생각마저 들었다. 그만큼 그녀의 목소리는 매력적이었다.

나라간의 정서 차이마저 메울 수 있을 거라는 생각이 들었으니.

'일본에 본격적으로 진출한다면 지부를 세워서…….'

강윤은 떠오른 생각들을 적어나갔다.

다른 기획사와 제휴를 맺어 인문희를 지원하는 방안과 직접 뛰면서 시장을 개척하는 방법 등 여러 가지들을 기록해갔다.

그녀의 목소리를 들으며 기초를 수립해 가는데, 주머니의 핸드폰이 요란하게 울려댔다. 받아보니 김대현 매니저였다.

언제나 차분한 그였지만 지금, 다급한 목소리로 외쳤다.

-……여기 XX사거리인데, 사고가 났습니다. 신호에 대기하고 있는데 신호를 위반하고 급하게 달려오는 차와 크게 사고가 났습니다.

"사고요?"

사고라니.

강윤의 눈이 꿈틀거렸다.

"팀장님은 괜찮습니까? 애들은요?"

–전 괜찮습니다. 애들은 많이 다친 애들은 없지만, 찰과상을 입은 애들이 있습니다.

"병원이 어딘가요?"

강윤은 병원의 이름을 메모에 급히 적고는 사무실로 향했다.

"에디오스 애들이 사고요?!"

자초지종을 들은 이현지의 눈도 화등잔만 해졌다.

"애들은 괜찮나요?"

"크게 다친 곳은 없다 합니다. 아무래도 저희 두 사람이 동시에 움직여야 할 것 같네요."

"알았어요. 어떻게 움직일까요?"

강윤은 이현지에게 김지민과 김재훈을 불러 달라 요청했다. 그리고 자신은 에디오스의 스케줄이 있는 'STN과 함께하는 크리스마스 파티' 행사 주최 측에 전화를 걸었다.

–사고라고요? 허…….

주최 측에서는 크게 당황했다.

중견기업에서 대기업으로 발돋움하는 STN이 고객감사 겸 홍보를 위해 크리스마스 파티를 기획했고, 거기에 에디오스를 섭외했는데, 이번에 펑크가 나게 생겼으니…….

"죄송합니다. 아무래도 에디오스가 행사장에 가기는 힘들 것 같습니다."

—…….

강윤의 말에 상대방은 말이 없었다.

어찌되었든 기업 입장에서는 손해를 떠안아야 했으니 말이다.

하지만 그의 말은 거기서 끝이 아니었다.

"대신 원하신다면 저희 측 가수, 은하와 김재훈을 보내드리겠습니다. 행사 방향에 맞춰 에디오스를 불러주셨는데, 심려를 끼쳐드려 죄송합니다."

—은하와 김재훈이요? 흠…….

금전적으로 손해는 아니었다.

은하와 김재훈을 합치면 에디오스 전원을 부르는 비용보다 비쌌기에.

잠시 시간이 지나고, 수화기에서 답변이 들려왔다.

—……어쩔 수 없는 사정 때문이니 알겠습니다. 그래도 이렇게 마음을 써주시니 감사하네요.

"아닙니다. 저희야말로 심려를 끼쳐드려 죄송합니다. 지금 출발하면 행사 시작 시간에 맞춰 도착할 수 있을 겁니다."

—네. 에디오스 분들의 쾌유를 빌겠습니다.

통화가 끝나기가 무섭게 이현지에게서 전화가 걸려왔다.

—지민이는 5분이면 올 거고, 재훈 씨는 가는 길이라 픽업해서 갈 거예요.

"주최 측과는 통화를 마쳤습니다. 바로 가시면 됩니다."
-위약금 문제 같은 건 없었죠?
"네. 그럼 부탁드립니다."
쉬고 있던 김지민과 김재훈을 '월드컵기념 체육관'으로 보내고, 강윤은 바로 병원으로 향했다.
응급실에 도착하니 머리에 붕대를 감은 김대현 매니저가 강윤을 맞아주었다.
"팀장님, 괜찮나요?"
"전 괜찮습니다. 머리에 찰과상을 입은 정도입니다. 애들부터 봐주세요. 다들 많이 놀랐습니다."
"어떻게 된 건가요?"
김대현 매니저는 사거리에서 신호에 대기하고 있다가 맞은편에서 신호위반으로 빠르게 달려오다 미끄러진 승용차에 부딪쳤다고 설명했다. 그는 자기가 제일 많이 다친 편이라며 강윤을 안심시켰다.
강윤은 바로 에디오스 멤버들이 있는 곳으로 향했다.
"사장님!"
팔과 무릎 등에 반창고를 붙이고 있던 에디오스 멤버들은 강윤을 보자마자 눈물이 그렁그렁해졌다. 그 모습에 치료를 하던 간호사와 의사들이 놀랐는지 눈을 껌뻑였다.
강윤은 가까이 있던 서한유의 어깨를 다독이며 의사에게 물었다.
"크게 다친 애들은 없습니까?"

레지던트로 보이는 의사는 뿔테안경을 고쳐 쓰며 차분히 이야기했다.

"엑스레이로 보니 특별히 이상 있는 분은 없었습니다. 다행히 모두 단순 찰과상뿐이에요. 그래도 교통사고니까 경과를 지켜보시는 게 좋을 것 같습니다."

의사는 이상은 없다 하지만 강윤은 피로 붉게 물든 에일리의 무릎을 보니 가만히 있기 힘들었다.

"찰과상치고 많이 다친 것 아닌가요?"

"저희도 검사를 해봤습니다만, 심하게 긁힌 정도입니다."

에디오스 6명과 직원들의 상태 모두를 체크하고 강윤은 입원수속까지 밟았다.

눈에 띄는 이상은 보이지 않았지만 교통사고는 상태를 지켜봐야 하는 게 일반적이었다. 언제 증상이 나타날지 모르니 말이다.

입원 수속까지 마치고 나서야 강윤은 에디오스 멤버들이 있는 곳으로 돌아왔다.

"많이 놀랐지?"

"행사는 어떻게 됐어요?"

이미 시계는 9시를 가리키고 있었다.

정민아는 혹여 자신들이 행사에 가지 못한 것 때문에 회사에 피해를 준 것 아닐까 노심초사하고 있었다.

하지만 강윤은 괜찮다며 정민아의 머리를 매만져 주었다.

"괜찮아. 다 수습했으니까. 너희는 며칠 동안 병원에서 푹 쉬기만 하면 돼."

다른 사람이라면 어떻게 수습했냐고 물었겠지만, 강윤이었기에 정민아는 굳이 따져 묻지 않았다. 아니, 에디오스 전원이 그랬다.

"죄송합니다. 괜히 걱정 끼쳐서……."

서한유가 눈물을 보이려 하자, 강윤은 고개를 흔들었다.

"사고를 너희가 낸 게 아니잖아. 뭐가 죄송해."

"그래도……."

"많이 놀랐을 거야. 지금은 편하게 쉬어. 아무 생각도 하지 말고. 알았지?"

"……네."

강윤은 곧 입원실로 올라가게 될 것이라 이야기하고는 자리를 나서려 했다.

그때, 핸드폰을 보고 있던 이삼순이 자리에서 일어나 강윤에게 다가왔다.

"사장님, 이것 좀 보세요."

"왜 그래?"

강윤은 그녀에게서 핸드폰을 받아 들었다.

—에디오스, 서울 XX사거리에서 사고. 신호위반이 화를 불렀다?

신호위반을 누가 한 것인지, 사고의 원인이 무엇인지는 나와 있지 않고 은근히 에디오스가 잘못이라는 식으로 기사가 나와 있었다. 신호위반이라는 말이 검색어까지 올라 일파만파로 퍼져가고 있었다.

'마지막 발악을 하는구나.'

'히든캐치'에서 낸 기사를 보며 강윤의 눈이 화르륵 불타올랐다.

–새하얀 눈을 맞으며~

"와아아아아–!"

월드컵기념 체육관의 분위기는 최고조로 달아오르고 있었다.

김지민이 부르는 캐럴에 관객들은 모두 손을 흔들며 화답했고, 그녀도 흥이 올라 더더욱 소리를 높여나갔다.

절정을 장식하는 김지민의 모습을 보며 행사를 주관하는 STN의 부장, 정경택은 안도의 한숨을 쉬었다.

"사고가 때문에 오늘 행사를 어떻게 하나 걱정했는데…… 은하도 에디오스 못지않네요. 이사님. 감사합니다."

부장 옆에서 함께 행사를 보고 있던 이현지는 손을 저었다.

"아닙니다. 오히려 걱정을 끼쳐 죄송할 따름이죠."

행사가 절정을 지나 마무리에 접어들면서 정경택 부장은 편안한 얼굴이 되었다.

에디오스의 사고 소식을 듣자마자 하늘이 노랗게 변해 버리고 말았다.

하지만 곧 월드엔터테인먼트에서는 행사를 위해 소속 연

예인을 둘이나 보내주었고 행사에는 별 지장이 없었다.

"보통 사고가 터지면 행사는 나몰라라가 되기 십상인데…… 월드는 확실히 다르네요."

"다르다. 듣기 좋은 말이네요. 그렇게 말씀해 주시니 감사합니다."

"저야말로 오늘을 편히 넘기게 해주셔서 감사합니다."

행사가 끝나고, 정경택 부장은 STN에서 생산하는 커피머신과 커피를 선물로 주었다. 이현지는 괜찮다며 사양하려 했지만, 강하게 권하는 바람에 묵직한 짐을 받아들었다.

큰 짐을 든 이현지는 연예인들과 함께 밴에 올랐다.

"이사님, 저희 병원에 가봐야 하지 않을까요?"

차가 출발하자마자 김지민이 조심스럽게 물었다.

"저도 가보는 게 좋을 것 같다고 생각합니다."

김재훈도 에디오스가 걱정이 되었는지 그녀의 의견에 동의했다.

이현지는 잠시 기다려 보라고 이야기하고는 강윤에게 전화를 걸었다.

그에게서 입원실 수속까지 마쳤고, 지금은 모두 입원실에서 휴식중이라는 이야기를 들을 수 있었다.

"지금 VIP실에 입원 중이라네. 그래, 가보자. 출입구도 따로 있는 모양이니까 조용히 갈 수 있을 거야."

"네."

병원 VIP 병실에 도착하니 에디오스 멤버들이 1명씩 6개의 룸을 사용하고 있었다.

에디오스는 2인실도 상관없다 했지만 보안 때문에 부득이하게 비싼 VIP 병실을 선택했다. 병상이 하나였기에 졸지에 모두가 이별 아닌 이별을 해야 했다.

이현지 일행은 가장 먼저 리더인 정민아에게로 향했다.

"괜찮니?"

"네. 조금 놀랐지만 괜찮아요."

정민아는 다행히 큰 이상은 없어보였다.

다른 멤버들의 상태를 물으니 찰과상을 입은 멤버들이 몇 있다는 것 빼고는 크게 문제는 없다 했다. 연예인에겐 생명과도 같은 얼굴을 다치지 않은 것도 컸다.

"사장님은 어디 가셨어?"

"담배 태운다고 잠깐 나갔어요. 하여간, 담배 좀 끊으라니까."

강윤이 담배를 태우는 것이 못마땅했는지 정민아는 투덜거렸다.

곧 이현지는 모든 병실을 돌며 에디오스 멤버들을 만났다.

이후 정민아에게로 다시 돌아왔지만, 강윤은 코빼기도 보이지 않았다.

"아직도 안 오셨어?"

"네. 전화해 볼까요?"

정민아가 핸드폰을 꺼내자 이현지는 고개를 저었다.

"지금 뭔가 하고 계실거야. 방해하지 말고 기다리자."

"네."

강윤이 지금 같은 사태에 가만히 있을 리가 없었다. 그를 잘 알았기에, 이현지는 모두를 안심시키기는 일에 집중했다.

이현지 일행이 정민아의 병실에 있으니 얼마 있지 않아 에디오스 멤버 전원이 모여들었다.

모두 의연한 표정을 짓고 있었지만 마음에 불안한 기색이 남아 있는지 떠는 멤버들도 상당수였다.

"우리 애들, 많이 상했네. 이거 어째."

이현지는 쉽게 잠을 이루지 못하는 모두와 함께 크리스마스의 밤을 지새웠다.

한편, 강윤은 병원 정문에서 조금 떨어져 있는 흡연실에서 누군가와 통화를 하고 있었다.

"……알겠습니다. 허락해 주셔서 감사합니다."

–아닙니다. 저야말로 빠르게 합의를 해주시니 감사하죠.

전화 상대방도 안도의 한숨을 내쉬었다. 사고를 낸 운전자와의 통화였다.

100% 과실에 의한 사고라 합의가 원만하지 않으면 큰 벌금을 맞게 되는데, 상대방에서 나서서 원만히 합의하자고 하니 고마울 따름이었다.

연예인 차량이었기에 강윤이 대리인으로 나설 수 있었다.

"다음에는 좋은 인연으로 만났으면 합니다. 운전 조심하시고요."

–알겠습니다. 그런데 모자이크는…….

“신경 써서 하도록 하겠습니다. 그리고 이 자료는 보도용으로 활용될 뿐입니다. 개인 신상에 절대 문제가 없도록 하겠습니다.”

통화를 마치고, 강윤은 바로 영상편집을 의뢰한 ‘미블리쉬’에 전화를 걸었다.

한밤중이었지만 미리 이야기가 되어서인지 바로 연결이 되었다.

—……알겠습니다. 그럼 바로 편집에 들어가겠습니다.

“렌더링 작업까지 늦어도 새벽이면 끝난다고 하셨죠?”

—물론입니다.

“잘 부탁드립니다. 모자이크도 꼼꼼히 해주시고요.”

통화를 마치고 시계를 보니 새벽 2시가 넘어가고 있었다.

—에디오스 교통사고, 스케줄은 은하와 김재훈이 대신 수행해.

—에디오스 교통사고, 연예인 차량은 무법차량?

아는 기자들에게도 연락을 해서 설명을 하며 최대한 온건한 기사를 실어줄 것을 요청했지만, 제대로 된 증거가 나오지 않는 이상 쉽지 않다는 말을 들을 뿐이었다.

지금으로선 상황이 쉽사리 반전되지 않았다.

‘담배만 땡기는군.’

다시 담배에 불을 붙인 강윤은 더디 가는 시간에 불편한 마음을 담배로 달랬다.

핸드폰으로 인터넷을 열어보니 에디오스 팬 카페, 아리에스에 들어가니 과속이다 아니다로 댓글 전쟁을 하는 이도 있었고, 월드를 그렇게 안 봤는데 실망이다라는 글, 쾌유를 빈다는 글 이 계속 올라오고 있었다.

'그래, 새벽까지만 참자.'

반전될 상황을 기대하며, 강윤은 쓰린 속을 달랬다.

다음 날.

새벽에 영상을 받은 강윤은 월드엔터테인먼트 홈페이지에 블랙박스를 공개했다.

사거리에서 신호를 위반한 차량 한 대가 에디오스가 탄 차량을 덮치는 영상에 아침부터 인터넷은 파란이 일었다.

–에디오스 사고, 신호위반 차량에 충돌한 것.

–에디오스, 신호위반 차량이 덮쳐 병원행. 큰 이상은 없어…….

–교통사고 에디오스, 하지만 행사는 그대로 진행…… 사내 팀워크 빛나.

블랙박스가 공개되면서 여론은 급반전되었다.

사고가 나자마자 성급한 내용에 뭇매를 맞았던 상황과 완전히 달라졌다.

거기에 월드엔터테인먼트에서 STN 행사를 위해 가수 은하와 김재훈을 보낸 것이 알려지고 에디오스의 안정을 위해 많은 배려를 하는 사실도 알려졌다.

사고를 낸 이와도 원만히 합의해 주는 등 좋은 씀씀이까지 보이니, 대부분의 화살이 잦아들었다.

대신, 방향 잃은 화살은 급히 기사를 내서 여론몰이를 하던 히든캐치에게로 향했다.

—또 구라였어? 히든캐치 즐. 이젠 사고까지 이용해먹네?

—여러분, 이게 기레기의 클라스입니다.

—믿고 거르는 히든캐치.

포털 사이트에 올라온 에디오스 사고 관련 기사를 시작으로, 히든캐치가 올린 각종 기사들에 악플들이 쌓여나가기 시작했다.

월드엔터테인먼트와의 일을 기점으로 점차 쌓여가던 불신이 이번 일을 계기로 폭발한 것이다.

—도를 넘은 연예인 파파라치, 이대로 괜찮은가?

—무분별한 기사가 연예인을 죽인다. 기획특집…….

거기에 다른 기자들이 히든캐치와 월드엔터테인먼트의 싸움을 대서특필 하는 등, 사태는 일파만파로 퍼져 나갔다.

"사장님, 광고가 계속 떨어져 나가고 있습니다. 이번 달만……."

"……알았으니까 서류 놓고 나가."

유명후 사장은 광고담당 과장이 조심스럽게 꺼내는 말에 귀찮다는 듯 손을 내저었다.

하지만 과장은 걱정되는 마음에 가만히 있을 수가 없었다.

"지난달 대비 50% 가까이 광고가 떨어져 나갔습니다. 신뢰를 잃은 신문에 광고를 내면 제품의 신뢰도까지 떨어질 수 있…….”

“알았으니까 나가!”

유명후 사장은 고래고래 소리를 질렀다.

모든 것이 귀찮았는지, 그의 눈에는 짜증이 한 가득이었다.

과장은 짧게 한숨을 쉬고는 서류를 놓고 밖으로 나갔다.

“월드, 월드……!”

이대로 가면 신문사가 흔들린다.

월드와 얽히면서 단단히 꼬여 버린 작태에 그는 이를 부드득 갈았다.

♪♪♪

교통사고로 인해 에디오스는 연말 시상식에 불참했다. 팬들이 많이 아쉬워했지만, 빠른 쾌유를 바라는 마음으로 아쉬움을 달랬다.

김지민은 신인상을 수상하는 영광을 누렸고, 김재훈은 가수들 중 앨범판매량이 가장 높은 3인 중 한 사람으로 뽑혀 골든 디스크를 수상했다.

정신없이 바쁘던 2012년이 가고, 2013년이 밝아왔다.

1월 중순.

히든캐치의 추측성 기사에 따른 에디오스의 명예 훼손과 앨범 손해가 인정되는 판결이 나왔다.

3,000만원의 손해배상.

많은 금액은 아니었지만 거짓, 추측성 기사로 그동안 피해를 준 것이 인정되고, 악의적이라는 해석과 함께 법원은 월드엔터테인먼트의 손을 들어주었다.

연말 일련의 사태들과 종합되어 기사가 나가면 메인 신문사로서 기능을 하기 힘들어질 것이다.

"피해보상액은 많이 인정받지 못했군요."

배상액이 적어 아쉬웠는지, 강윤은 짧게 한숨을 쉬었다.

그러자 이현지가 고개를 흔들었다.

"시간을 더 주면 이보다 많은 금액을 받아주겠다 했어요. 어떻게 하시겠어요?"

그녀의 말에 강윤은 고개를 흔들었다.

"이만하면 됐습니다. 어차피 히든캐치는 신문사로서 신뢰성도 잃었습니다. 우리가 더 물고 늘어져봐야 손해죠."

"하긴. 그나마 저 돈 마련하는 것도 쉽지 않을 거예요. 들어보니까 광고도 20%밖에 안 남았다는데……."

이현지는 조소를 머금었다.

히든캐치는 불과 한 달 사이에 광고의 80%가 이탈했다.

남은 20%도 성인광고, 대출광고 등이 대다수였다. 그나마도 기사에 대한 조회수가 줄고 있어 빠져 나가려는데 피해배상까지.

사실상 사형선고였다.

"이번 일은 여기서 마무리하죠. 더 이상 우리 애들이 이런 불미스러운 일로 기사에 오르내릴 필요는 없다고 봅니다."

이현지도 강윤의 생각에 동의했다.

이미 기울대로 기울어버린 신문사 하나를 더 돌아봐야 월드가 얻을 것은 없었다.

그녀는 강윤에게 줄 김지민의 앨범에 대한 서류를 찾다가 뭔가가 떠올랐는지 강윤을 바라보았다.

"아, 맞다. 사장님, 다음 주에 미국에 간다고 하지 않았나요?"

"네. 큰일들도 일단락되었으니 일주일 정도 자리를 비워도 될 것 같네요. 아무리 바빠도 동생 졸업식은 봐야죠."

정혜진이 내온 커피를 받으며 이현지가 강윤에게 서류를 주었다.

"희윤 씨는 한국으로 들어오는 건가요?"

"네. 미국에서 더 공부해도 된다고 했는데, 본격적으로 작곡활동을 하고 싶다는 군요."

희윤의 한국행.

이현지로서도 전속 작곡가가 가까이 온다니 매우 반가웠다.

"다들 좋아하겠네요. 곡 이야기도 보다 더 많이 나눌 수 있을 테고."

강윤은 이현지에게 회사를 부탁하고는 자리에서 일어났다.

그가 옥상으로 향하는데 주머니에서 핸드폰이 요란하게 울려댔다.

"주아야."

–오빠! 잘 지냈나?

높은 톤의 목소리가 전화기를 찌르르 울렸다.

강윤은 기쁜 듯한 그녀의 음성에 웃으며 답했다.

"나야 항상 그렇지. 너는? 뭐하고 있어?"

–아우, 나 이제 한국 왔어. 지금 거기로 가는 중.

"월드에?"

언제나 갑작스럽게 들이치는 모습은 똑같았다. 강윤은 실소를 내고는 고개를 흔들었다.

"하여간…… 그래, 와라."

–반응이 미지근한데? 오지 말라고 해도 갈 거야. 할 말도 있고.

"……말이나 못하면. 알았어."

통화를 마치고, 강윤은 옥상으로 향했다.

아무도 없는 겨울의 옥상은 차가운 바람이 불어오고 있었다.

'희윤이가 오면 당분간 문희한테 매달리도록 해야겠어. 그리고…….'

강윤이 차분히 계획을 정리하고 있는데, 옥상 문이 벌커덕 열리며 누군가가 들어왔다.

"오빠, 내 왔데이!"

인기척에 돌아보니 주아였다.

강윤도 반가워서 손을 들려 하는데, 그녀의 핼쑥해진 볼이 먼저 눈에 들어왔다.

"주아야. 너 왜 이렇게 말랐어?"

강윤은 주아의 빼빼 마른 모습에 눈이 휘둥그레졌다.

하지만 그녀는 개의치 않는지 고개를 흔들었다.

"에이, 별 거 아냐. 요즘 스케줄이 많았거든. 아아, 이제 좀 살 것 같아."

"아무리 그래도 이건…… 병원은 가봤어?"

"무슨 병원까지. 괜찮다니까."

주아가 연신 강한 모습을 보였지만 강윤은 심각한 표정으로 이야기했다.

"그동안 너무 무리한 거 아냐?"

"뭐…… 약간? 에이, 됐어. 나 오늘 용건 있어서 온 거야."

"용건?"

강윤이 의아해하자 주아가 씨익 웃으며 답했다.

"이번에 희윤이 졸업식이잖아. 오빠도 가지?"

"나야 당연히…… 너도?"

"당연하지. 내 친구 졸업식인데. 기왕 가는 거 같이 가자고."

그녀는 언제 예약했는지 비행기 티켓을 보여주었다. 그녀가 항상 이용하는 1등석 티켓 2장이었다.

강윤은 눈이 동그래졌다.

"티켓까지 받으라고? 이건……."

"에이, 우리 사이에."

주아는 강윤에게 티켓을 쥐어주었다.

그가 이 비싼 티켓을 받아도 되는지 의문이 들어 거절하려 하자 주아가 웃으며 말했다.

"이거 공짜 아냐. 가서 내 일 조금만 도와…… 달라고."

"일?"

그런 의도라면 조금은 마음이 편해진다.

어떤 일인지 물었지만 주아는 쉽사리 대답해 주지 않았다.

"개인적인 일이야. 가서 말해줄게. 아, 나 회사 가봐야 해서 가볼게."

"벌써?"

온 지 10분도 되지 않아서 간다니.

강윤은 주아가 안쓰러웠다. 하지만 그녀는 걱정 말라는 듯, 그윽한 미소를 지었다.

"그럼 나중에 연락할게."

주아는 활기찬 걸음으로 계단을 뛰어 내려갔다.

'MG는 애를 어떻게 관리하는 건지…….'

이전과 완전히 달라진 말라 버린 그녀의 뒷모습이 강윤의 입가를 씁쓸하게 만들었다.

7화

졸업식, 마음을 새롭게

국내에서 손에 꼽히는 실내 체육관인 중서 올림픽 종합체육관.

약 2만 명의 관객을 수용할 수 있고, 공연에 적합한 넓은 공간과 관객들이 이용할 수 있는 각종 부대시설들이 갖추어져 있어 가수들에게 큰 사랑을 받는 곳이었다.

하지만 지어진지 오래되어 음이 고르게 퍼지지 못했고, 빛이 세어 나가는 등의 문제점도 있었다.

이런 단점에도 불구하고 여전히 콘서트를 여는 가수들에겐 사랑받는 장소였다.

“이 자리에 서보는 것도 정말 오랜만이네요.”

라인이 그대로 드러난 바닥에 선 김재훈은 주변을 둘러보며 즐거웠는지 탄성을 냈다. 그의 뒤에서는 이현지가 미안한지 어색한 미소를 짓고 있었다.

“중앙월드컵 다목적 홀에서 하고 싶었지만, 예약이 모두

차서 어쩔 수 없었어요."

"장소는 아무래도 상관없습니다. 전 그냥 좋습니다."

미국으로 떠나기 전, 강윤에게 들으니 이미 업체 섭외까지 다 마무리되었다고 했다.

자신도 철저하게 준비했으니 이제 남은 건 관객들이 얼마나 채워질까에 대한 여부였다.

"며칠 있으면 티켓팅이네요."

"……."

이현지의 말에 김재훈은 긴장되었는지 침을 꿀꺽 삼켰다.

자신의 노래를 들으러 사람들이 얼마나 와줄까.

단순한 수익의 차원을 넘어 가수의 자존심이 걸린 문제이기도 했다.

그의 굳은 모습에 이현지가 웃으며 긴장을 풀어주었다.

"재훈 씨. 다 잘 될 거예요. 그렇게 힘 안주고 있어도 괜찮아요."

"하하하. 네."

등에 느껴지는 따스한 손길을 느끼며 김재훈은 고개를 끄덕였다.

"더 필요한 것 있으십니까?"

미모의 스튜어디스가 바 라운지를 이용하는 강윤에게 공손히 묻자 그는 괜찮다며 고개를 저었다.

"아닙니다. 알려줘서 고마워요."

생전처음 퍼스트 클래스를 타기에, 1등석에 있는 바 라운지라는 것을 처음 이용해 보는 강윤은 스튜어디스에게 이것저것을 물어보았고, 그녀는 베테랑답게 잘 응대해 주었다.

강윤이 접시를 들고 돌아서려 할 때, 스튜어디스가 조심스럽게 강윤에게 말했다.

"저기……."

"할 말 있나요?"

"저…… 죄송한데 사인 하나만 부탁드려도 될까요?"

"네. 종이 있나요?"

강윤이 품안에서 펜을 꺼냈지만, 그녀에게 종이가 없었다. 강윤은 잠시 생각하다 지갑에서 자신의 명함을 꺼내 사인을 해주었다.

"……감사합니다."

사인을 한 명함을 받아든 스튜어디스의 눈은 이전보다 더욱 반짝였다. 생각지도 못한 수확이었다.

그녀의 마음을 아는지 모르는지 강윤은 웃으며 말했다.

"그럼 수고해요."

이야기를 마친 강윤은 자리로 돌아왔다.

그런데 강윤이 자리에 앉으니 뚱한 눈을 하고 있던 주아가 강윤의 옆구리를 찔러오기 시작했다.

"이 인간아."

"야, 야. 왜 그래?

"으이구."

주아가 대체 왜 그러는 건지. 강윤은 이해가 가질 않았다.

사인해 준 것이 문제라도 된다는 건가.

강윤은 고개를 갸웃했다.

"설마 사인 때문에 그래? 명함은 종이가 없어서 준 건데."

"그건 나도 아는데…… 에휴. 하여간 아닌 것 같다가도 은근 허당이라니까."

"무슨 말이야?"

허당이라니.

강윤이 어이가 없다는 듯 눈을 껌뻑였지만 주아는 쉽게 답을 해주지 않았다.

"그런 게 있답니다."

주아는 명함을 받은 스튜어디스가 계속 강윤 쪽을 힐끔거리며 바라보고 있다는 말은 하지 않았다.

'1등석에 탄 남자들은 마음에 드는 스튜어디스한테 명함을 준다는 걸 모르나?'

저 스튜어디스를 보니 분명 좋아하고 있었다.

'진서가 알면…… 으으.'

주아가 몸서리를 치고 있을 때, 강윤이 무심한 어조로 말했다.

"회사 명함이야."

"뭐라고?"

"내 개인 번호가 적힌 명함이 아니라고. 회사 대표번호만 있는 명함이지."

그 말을 듣고서야 주아는 '그럼 그렇지'라는 눈으로 고개를 끄덕였다. 이런 저런 일들을 겪으며 비행기는 순조롭게 공항에 도착했다.

강윤과 주아는 빠르게 수속을 밟고 공항을 나와 미국 땅을 밟았다.

당연히 희윤이 두 사람을 마중 나왔고 간단하게 인사를 마친 후, 주아는 미국 지사에 볼일을 보고 오겠다며 잠시 자리를 비웠다.

강윤은 렌트한 차를 타고 희윤의 집으로 향했다.

차 안에서, 희윤은 모처럼 만난 오빠가 반가웠는지 여러 가지 이야기를 했다. 학교생활부터 노래 등 많은 화제들을 쉴 새 없이 쏟아냈고, 강윤은 그녀의 이야기를 들으며 추임새를 넣었다.

"……레이나는 본격적으로 활동을 하고 있구나."

강윤은 희윤의 친구, 레이나의 이야기를 들으며 놀랐는지 눈을 크게 떴다.

"아직은 단역이야. 그래도 자기는 빠르게 올라가는 편이라고 했어. 원래 단역 하나 하는 것도 4년 이상은 걸린다고 했거든."

"레이나라면 잘할 거야."

"그렇겠지?"

강윤은 희윤과 함께 왔을 때의 레이나를 떠올렸다.

노래와 연기, 모두 큰 재능을 가지고 있었다. 거기에 노력까지.

충분히 크게 되고도 남을 것이라 생각했다.

빨간 신호등 앞에서 강윤은 천천히 브레이크를 밟았다.

"레이나가 가끔 오빠 이야기를 해. 잘되면 꼭 한국에서 보고 싶다고."

"그래? 그런데 얼마나 되면 잘 되는 걸까?"

"음…… 브로드웨이 뮤지컬 주인공?"

"그럼 못해도 10년 뒤에나 볼 수 있겠네."

"그럴까?"

신호가 바뀌어 강윤은 천천히 악셀을 밟아나갔다.

한참을 달려 차는 희윤이 사는 집에 도착했다.

집 앞에 차를 세우고, 강윤은 집에 들어가 짐을 풀었다.

"……네. 알겠습니다. 회사 잘 부탁합니다."

이현지와의 통화를 마치고, 강윤은 소파에 누웠다.

'돌아가면 재훈이 콘서트 준비를 서둘러야겠군. 특수장비팀이 불안하던데…….'

시차 때문에 피로가 몰려왔다.

하지만 눈은 감았음에도 머릿속에는 김재훈의 콘서트에 관한 생각들이 맴돌았다.

히든캐치 문제로 인해 콘서트 준비에 상대적으로 소홀했다는 생각이 드니 머릿속에서 콘서트 생각이 떠나질 않았다.

'그 공간이 음향에 특별히 신경 써야 하는 공간이야. 2일 정도는 음향만 맞춰야 좋은 소리를 뽑을 수 있을 거야. 그리고…….'

"날- 데려가 줘요~"

"Zzz……"

도마와 칼이 부딪치는 소리와 옥이 굴러가는 듯한 목소리가 만들어내는 소리에 강윤의 눈이 꿈틀댔다.

"오늘-하루는 -어땠나요-"

"하루는-"

익숙한 목소리였다.

강윤은 오랜만에 듣는 반가운 소리에 가늘게 눈을 떴다.

'음?'

그러자 강윤의 눈앞에 앞치마를 한 두 여인, 희윤과 주아의 뒷모습이 들어왔다.

가스레인지 위에서는 된장찌개가 보글대며 맛있게 익어갔고, 희윤은 도마에 탁탁하는 소리를 내며 맛깔나게 파를 썰어냈다. 그리고 그녀들이 내는 음표들이 눈부신 새하얀 빛을 만들어내고 있었다.

'좋군.'

하얀빛이 주는 시원한 기분에 강윤은 눈을 비비며 자리에서 일어났다.

뒤에서 느껴지는 기척에 희윤이 강윤을 돌아보았다.

"어? 오빠, 깼어?"

"으음. 일어났어. 주아 왔네?"

"그럼. 나 여기서 자고 갈 거야."
"……그래라."
자는 방이 다르기에, 강윤은 개의치 않고 승낙했다.
된장찌개와 함께 하는 저녁식사.
주아는 연신 맛있다는 말을 입에 달았고, 강윤도 모처럼 맛보는 동생의 음식솜씨에 엄지손가락을 들었다.
"맛있다."
오빠의 칭찬에 희윤은 흐뭇한 미소를 지었다.
정신없이 저녁을 먹는 주아에게는 물도 가져다주며, 희윤은 어른스러움을 드러냈다.
밥공기가 거의 비어갈 즈음, 주아가 진지한 표정으로 한숨을 쉬었다.
"오빠. 나 부탁 하나만 해도 될까?"
"그때 말한 부탁이야?"
"……응."
비행기 안에서도, 주아는 강윤에게 용건을 이야기하지 않았었다.
1등석 티켓을 주면서까지 하는 부탁이라니.
강윤도 진지한 얼굴로 그녀의 말을 기다렸다.
주아는 잠시 망설이다가 결심을 했는지 굳은 표정으로 말을 꺼냈다.
"……나, 이번에 유나이트 뮤직에서 오디션을 보거든."
"유나이트 뮤직?"

강윤의 눈이 커졌다.

유나이트 뮤직이라면 소위 미국 4대 기획사 중 하나라 불리는 거대 기획사이다. 음악 사업계에 있어 초거대 자본이었다.

"반 년 전에 데모 테이프를 보냈었는데, 얼마 전에 연락이 왔어. 오디션 한번 보는 게 어떻겠냐고."

"기회를 잡았네. 축하해."

"맞아. 그래서……."

주아는 잠시 뜸을 들이다 강한 어조로 이야기했다.

"오빠, 내일 나 연습하는 것 좀 봐줄 수 있어? 오빠가 봐주면 누구든 이상하게 더 잘하게 되잖아."

주아의 말에 강윤의 눈이 흔들렸다.

그녀는 강윤의 음표를 보는 힘은 잘 몰랐지만, 가수를 한 단계 끌어올린 다는 것은 제대로 인식하고 있었다.

강윤이 놀란 것을 아는지 모르는지, 주아는 간절하게 강윤의 손을 잡았다.

"오빠……."

강윤은 짧게 한숨을 쉬었다.

지난번에 실패한 미국진출을 이번에는 성공적으로 이루고 싶다고, 그녀는 말하고 있었다.

'주아의 실력을 모르는 건 아니지만…….'

한국에서 춤 하면 누구나 주아를 떠올린다. 그만큼 그녀의 춤에는 마력이 있었다.

하지만 미국에서 그녀의 춤이 통할까?

'은빛? 아니, 동양인이라면 금빛은 돼야 해.'
문화적 차이, 편견을 넘기 위해서는 그 정도는 해야 한다고.
강윤은 그렇게 생각했다.
"오디션이 언제야?"
"모레."
남은 시간도 짧았다.
강윤은 이마를 붙잡았다.
"……미리 말하지 그랬어."
"그게…… 미리 말하려 했는데, 나도 바쁘고 오빠도 정신 없었잖아. 처음에는 내 힘으로 어떻게든 해보자라고 생각했는데, 아무래도 혼자서는 쉽지 않겠더라고. 헤헤. 미안."
주아는 민망했는지 혀를 빼꼼히 내밀었다.
그녀의 모습은 매우 귀여웠지만, 내일은 일정이 있었다.
"상황이 좋지 않네."
"……좀, 그래?"
"힘들 것 같은데……."
그 말을 듣자 주아의 눈이 휘둥그레졌다.
"……어?"
"내일 중요한 약속이 있거든. 특수 장비 문제로 만날 업체가 있어. 어떡하지?"
"아, 그래……."
주아의 어깨가 아래로 추욱 내려갔다.
강윤도 미안한 기색을 감추지 못했다.

"미안해. 이번 오디션은 네 힘으로 해야 할 것 같네."

"……그래? 할 수 없지."

이럴 줄 알았으면 진작 말을 할걸.

주아는 후회를 했다. 망설이고, 미루다 이런 사단이 나버렸다.

그래도 그녀는 매달리지 않았다.

"할 수 없지. 하하."

"미안. 비행기도……."

"그건 괜찮아. 우리 사이에 그 정도야 뭐."

주아는 손을 내저었다.

어느 누구도 주아의 말에 잘 거절을 하지 않았다. 이상해졌지만 MG엔터테인먼트에서도 그녀의 말에는 아직 껌뻑 죽는 시늉까지 한다.

그런데 강윤은…….

"희윤아. 나 먼저 잘게."

"응. 이불 깔려 있어."

의기소침해진 주아는 밥을 한 숟가락 남기고는 터벅터벅 방안으로 들어갔다.

둘만 남은 식탁에서 희윤은 강윤에게 말했다.

"일 끝나고 주아 도와줘도 괜찮지 않아?"

"미팅이 오래 걸릴 거야. 그리고 주아가 이번 오디션에서 합격하기가 쉽지 않을 거야."

"주아가?"

희윤이 말도 안 된다는 듯 반문했지만 강윤은 단호하게 고개를 흔들었다.

"문화차이는 정말 무섭지. 아주 두텁고 높아. 동양인이 그걸 넘으려면 월등히 뛰어난 실력을 들고 나오는 수밖에 없어. 물론 주아는 좋은 실력을 가지고 있긴 하지만 아직……."

"아직?"

"문화차이를 극복할 정도는 아니라고 생각해. 정확하게 춤 실력만 놓고 보면 통하겠지만, 다른 외적 조건 때문에 쉽지 않아. 체형이나 분위기, 출신 등등. 극복해야 할 것들이 많아. 같은 조건인 미국인들을 이기려면 월등한 실력밖에 없어."

"아아……."

희윤은 그제야 강윤의 말을 수긍했다.

그녀는 주아가 들어간 방안을 안타까운 눈빛으로 바라보았다.

♪♪♪

이틀 후.

[그럼 다음에 연락드리죠.]

[감사합니다.]

자신보다 2배, 아니 3배는 큰 백인 앞에서 춤을 춘 주아는 온 몸에서 땀을 흘리며 유나이트 뮤직을 나섰다.

'역시, 힘드네.'

다음에 연락을 준다고 말은 했지만, 조금 전 남자의 표정을 보니 실망한 기색이 역력했다.

인사를 할 때 작은 키에 의아해하더니, 춤을 출 때도 생각보다 에너지가 부족한 것 같다며 중간 중간 쓴웃음을 짓는 모습이 쉽게 잊혀지지 않았다.

유나이트 뮤직의 본관 로비에 있는 소파에 주아는 털썩 주저앉았다.

"에이씨!"

낯선 소리에 주변에서 그녀를 이상한 눈으로 힐끔거리며 지나갔지만 개의치 않았다.

모처럼 잡은 기회를 놓친 실망감은 쉽사리 가라앉지 않았다.

'가자…….'

한참을 멍하니 앉아 있다가 돌아가려는데, 주머니의 핸드폰이 요란하게 울려댔다.

"……어, 오빠."

강윤에게서 걸려온 전화였다.

그녀는 이전과 다르게 어색한 목소리로 전화를 받았다.

–오디션 잘 봤어?

주아는 떨어졌다고 이야기하고 싶지 않았다.

그가 없어도 당당히 합격했다고 말하고 싶었다.

"당연히 잘 봤지. 내가 누군……."

–그래?

"……."

전화기에서 침묵이 이어졌다.

이미 다 알고 있다. 솔직히 말해라.

침묵은 그렇게 말하는 듯했다.

침묵의 시간이 가고, 결국 주아는 앙칼지게 외쳤다.

"그래, 떨어졌다. 떨어졌어! 그래서 속이 시원하냐! 어?!"

-…….

"조금만 봐주지…… 그게 그렇게 어렵냐…… 이 나쁜 놈아……."

주아는 울먹였다.

이렇게 될 걸 알았다면 좀 도와주지. 대체 왜…….

단단히 뿔이 난 그녀가 본격적인 살풀이를 하려고 할 때, 전화기에서 차분한 말이 들려왔다.

-다른 오디션이 있는데, 어때? 해볼래?

"오…… 디션?"

주아의 격하게 감정을 풀려는 움직임이 순간 멈췄다.

-캐리 크라우디아라고 알아?

"캐리 크라우디아?"

-그 가수와 함께할 파트너를 모집하는 오디션인데…… 어때? 생각 있어?

빌보드 차트 5위에 항상 랭크되어 있는 대형 가수, 캐리 크라우디아의 이름에 주아의 눈이 격하게 흔들리기 시작했다.

to be continued